—————— 阅读之前 没有真相

午 夜 文 库

阿加莎·克里斯蒂

赫尔克里·波洛系列

阿加莎·克里斯蒂
Agatha Christie (1890—1976)

　　无可争议的侦探小说女王，侦探文学史上最伟大的作家之一。

　　阿加莎·克里斯蒂原名为阿加莎·玛丽·克拉丽莎·米勒，一八九〇年九月十五日生于英国德文郡托基的阿什菲尔德宅邸。她几乎没有接受过正规的教育，但酷爱阅读，尤其痴迷于歇洛克·福尔摩斯的故事。

　　第一次世界大战期间，阿加莎·克里斯蒂成了一名志愿者。战争结束后，她创作了自己的第一部侦探小说《斯泰尔斯庄园奇案》。几经周折，作品于一九二〇年正式出版，由此开启了克里斯蒂辉煌的创作生涯。一九二六年，《罗杰疑案》由哈珀柯林斯出版公司出版。这部作品一举奠定了阿加莎·克里斯蒂在侦探文学领域不可撼动的地位。之后，她又陆续出版了《东方快车谋杀案》《ABC谋杀案》《尼罗河上的惨案》《无人生还》《阳光下的罪恶》等脍炙人口的作品。时至今日，这些作品依然是世界侦探文学宝库里最宝贵的财富。根据她的小说改编而成的舞台剧《捕鼠器》，已经成为世界上公演场次最多的剧目；而在影视改编方面，《东方快车谋杀案》为英格丽·褒曼斩获奥斯卡大奖,《尼罗河上的惨案》更是成为几代人心目中的经典。

阿加莎·克里斯蒂的创作生涯持续了五十余年,总共创作了八十余部侦探小说。她的作品畅销全世界一百多个国家和地区,累计销量已经突破二十亿册。她创造的小胡子侦探波洛和老处女侦探马普尔小姐为读者津津乐道。阿加莎·克里斯蒂是柯南·道尔之后最伟大的侦探小说作家,是侦探文学黄金时代的开创者和集大成者。一九七一年,英国女王授予克里斯蒂爵士称号,以表彰其不朽的贡献。

一九七六年一月十二日,阿加莎·克里斯蒂逝世于英国牛津郡沃灵福德家中,被安葬于牛津郡的圣玛丽教堂墓园,享年八十五岁。

阿加莎·克里斯蒂 侦探作品年表

波洛系列

1920　The Mysterious Affair at Styles《斯泰尔斯庄园奇案》

1923　Murder on the Links《高尔夫球场命案》

1924　Poirot Investigates《首相绑架案》

1926　The Murder of Roger Ackroyd《罗杰疑案》

1927　The Big Four《四魔头》

1928　The Mystery of the Blue Train《蓝色列车之谜》

1932　Peril at End House《悬崖山庄奇案》

1933　Lord Edgware Dies《人性记录》

1934　Murder on the Orient Express《东方快车谋杀案》

1935　Three—Act Tragedy《三幕悲剧》

1935　Death in the Clouds《云中命案》

1936　The ABC Murders《ABC谋杀案》

1936　Murder in Mesopotamia《古墓之谜》

1936　Cards on the Table《底牌》

1937　Dumb Witness《沉默的证人》

1937　Death on the Nile《尼罗河上的惨案》

1937　Murder in the Mews《幽巷谋杀案》

1938　Appointment with Death《死亡约会》

1938　Hercule Poirot's Christmas《波洛圣诞探案记》

1940　Sad Cypress《H庄园的午餐》

1940　One, Two, Buckle My Shoe《牙医谋杀案》

1941　Evil Under the Sun《阳光下的罪恶》

1943　Five Little Pigs《五只小猪》

1946　The Hollow《空幻之屋》

1947　The Labours of Hercules《赫尔克里·波洛的丰功伟绩》

1948　Taken at the Flood《顺水推舟》

1952　Mrs. McGinty's Dead《清洁女工之死》

1953　After the Funeral《葬礼之后》

1955　Hickory Dickory Dock《山核桃大街谋杀案》

1956　Dead Man's Folly《弄假成真》

1959　Cat Among the Pigeons《鸽群中的猫》

1960　The Adventure of the Christmas Pudding《雪地上的女尸》

阿加莎·克里斯蒂 侦探作品年表

1963　The Clocks《怪钟疑案》
1966　Third Girl《第三个女郎》
1969　Hallowe'en Party《万圣节前夜的谋杀》
1972　Elephants Can Remember《大象的证词》
1974　Poirot's Early Stories《蒙面女人》
1975　Curtain—Poirot's Last Case《帷幕》

马普尔小姐系列

1930　The Murder at the Vicarage《寓所谜案》
1932　The Thirteen Problems《死亡草》
1942　The Body in the Library《藏书室女尸之谜》
1943　The Moving Finger《魔手》
1950　A Murder Is Announced《谋杀启事》
1952　They Do It with Mirrors《借镜杀人》
1953　A Pocket Full of Rye《黑麦奇案》
1957　4.50 from Paddington《命案目睹记》
1962　The Mirror Crack'd from Side to side《破镜谋杀案》
1964　A Caribbean Mystery《加勒比海之谜》
1965　At Bertram's Hotel《伯特伦旅馆》
1971　Nemesis《复仇女神》
1976　Sleeping Murder《沉睡谋杀案》
1979　Miss Marple's Final Cases《马普尔小姐最后的案件》

其他系列及非系列

1922　The Secret Adversary《暗藏杀机》
1924　The Man in the Brown Suit《褐衣男子》
1925　The Secret of Chimneys《烟囱别墅之谜》
1929　Partners in Crime《犯罪团伙》
1929　The Seven Dials Mystery《七面钟之谜》
1930　The Mysterious Mr. Quin《神秘的奎因先生》
1931　The Sittaford Mystery《斯塔福特疑案》
1933　The Witness for the Prosecution and Other Stories《控方证人》
1934　Why Didn't They Ask Evans?《悬崖上的谋杀》

阿加莎·克里斯蒂 侦探作品年表

1934	The Listerdale Mystery《金色的机遇》
1934	Parker Pyne Investigates《惊险的浪漫》
1939	Murder Is Easy《逆我者亡》
1939	And Then There Were None《无人生还》
1941	N or M?《桑苏西来客》
1944	Towards Zero《零点》
1945	Sparkling Cyanide《闪光的氰化物》
1945	Death Comes as the End《死亡终局》
1949	Crooked House《怪屋》
1950	Three Blind Mice and Other Stories《三只瞎老鼠》
1951	They Came to Baghdad《他们来到巴格达》
1954	Destination Unknown《地狱之旅》
1958	Ordeal by Innocence《奉命谋杀》
1961	The Pale Horse《灰马酒店》
1967	Endless Night《长夜》
1968	By the Pricking of My Thumbs《煦阳岭的疑云》
1970	Passenger to Frankfurt《天涯过客》
1973	Postern of Fate《命运之门》
1991	Problem at Pollensa Bay《神秘的第三者》
1997	While the Light Lasts《灯火阑珊》

出版前言

纵观世界侦探文学一百七十余年的历史，如果说有谁已经超脱了这一类型文学的类型化束缚，恐怕我们只能想起两个名字——一个是虚构的人物歇洛克·福尔摩斯，而另一个便是真实的作家阿加莎·克里斯蒂。

阿加莎·克里斯蒂以她个人独特的魅力创造着侦探文学史上无数的传奇：她的创作生涯长达五十余年，一生撰写了八十余部侦探小说；她开创了侦探小说史上最著名的"黄金时代"；她让阅读从贵族走入家庭，渗透到每个人的生活中；她的作品被翻译成一百多种文字，畅销全球一百五十余个国家，作品销量与《圣经》《莎士比亚戏剧集》同列世界畅销书前三名；她的《罗杰疑案》《无人生还》《东方快车谋杀案》《尼罗河上的惨案》都是侦探小说史上的经典，她是侦探小说女王，因在侦探小说领域的独特贡献而被册封为爵士；她是侦探小说的符号和象征。她本身就是传奇。沏一杯红茶，配一张躺椅，在暖暖的阳光下读阿加莎的小说是一种生活方式，是惬意的享受，也是一种态度。

午夜文库成立之初就试图引进阿加莎的作品，但几次都与版权擦肩而过。随着午夜文库的专业化和影响力日益增强，阿加莎·克里斯蒂的版权继承人和哈珀柯林斯出版公司主动要求将版权独家授予新星出版社,并将阿加莎系列侦探小说并入午夜文库。这是对我们长期以来执着于侦探小说出版的褒奖,是对我们的信任与鼓励,更是一种压力和责任。

新版阿加莎·克里斯蒂作品由专业的侦探小说翻译家以最权威的英文版本为底本,全新翻译,并加入双语作品年表和阿加莎·克里斯蒂家族独家授权的照片、手稿等资料,力求全景展现"侦探女王"的风采与魅力。使读者不仅欣赏到作家的巧妙构思、离奇桥段和睿智语言,而且能体味到浓郁的英伦风情。

阿加莎作品的出版是一项系统工程,规模庞大,我们将努力使之臻于完美。或存在疏漏之处,欢迎方家指正。

新星出版社
午夜文库编辑部

Agatha Christie

Over the next few years, we plan to celebrate two very important Agatha Christie anniversaries. In 2015, it is the 125th anniversary of her birth in Torquay, South Devon, England, and in 2020 it will be 100 years after her first book, THE MYSTERIOUS AFFAIR AT STYLES, featuring her famous detective, Hercule Poirot, was published. This is therefore a very appropriate moment to publish a new edition of her works, and I am delighted that HarperCollins has chosen to work with New Star on these new editions. New Star is China's top crime publisher, and has a strong and dedicated editorial staff and a continued passion for Agatha Christie, making them the ideal partner. It is the right time to make these classic books available in modern translations and so to bring Agatha Christie's books anew to her many fans in China, giving them a new reason to re-read these much-loved stories, as well as introducing them to a whole new audience. How delighted Agatha Christie would have been that her stories (as she called them) are still giving so much pleasure to so many people all over the world!

I think there are two very remarkable things about Agatha Christie's stories. The first is that they are so adaptable. It doesn't really matter which language they appear in, the stories and the plots still give the same thrill, still provide the same puzzles, and the characters still have the same attraction. Readers in China will I am sure enjoy Hercule Poirot and Miss Marple just as much as we do in England, and readers in China will still be transfixed by the surprises and horrors of AND THEN THERE WERE NONE, one of the great classics of 20th century detective fiction, as we are here.

Agatha Christie

The second is that the stories give a wonderful picture of England, particularly rural England, at the time Agatha Christie lived. She wrote books from 1920 until 1970 but it is sometimes hard to tell which part of her life each book was written in. Her characters and the life they lived were very much the same. The life we all live is changing very quickly these days but the Agatha Christie world stays the same. Perhaps the Miss Marple stories provide the best example of this, and in some ways THE BODY IN THE LIBRARY and NEMESIS are quite similar, despite the fact that thirty years elapsed between the time they were written.

Perhaps I might end by mentioning three Agatha Christies (other than the ones mentioned above) which I think demonstrate why she is so popular, even in the twenty-first century. The first is MURDER ON THE ORIENT EXPRESS, one of the most famous with one of the most ingenious and human plots. Read this on one of your long train journeys in China! Next is A MURDER IS ANNOUNCED, a Miss Marple which was her 50th book. It has my favourite murderer in it! And last is ENDLESS NIGHT a story about evil and how it affects three young people, written at the time when I knew her best, and understood how deeply she cared and sympathised with young people and the world they lived in.

Whichever are your favourites I hope you enjoy these stories that New Star are introducing to you again. I think it is a great publishing event.

Mathew
Grandson of Agatha Christie
Chairman of Agatha Christie Ltd

致中国读者

(午夜文库版阿加莎·克里斯蒂作品集序)

  在未来的几年中,我们将要筹备两个非常重要的关于阿加莎·克里斯蒂的纪念日。二〇一五年是她的一百二十五岁生日——她于一八九〇年出生于英国的托基市,二〇二〇年则是她的处女作《斯泰尔斯庄园奇案》问世一百周年的日子,她笔下最著名的侦探赫尔克里·波洛就是在这本书中首次登场。因此,新星出版社为中国读者们推出全新版本的克里斯蒂作品正是恰逢其时,而且我很高兴哈珀柯林斯选择了新星来出版这一全新版本。新星出版社是中国最好的侦探小说出版机构,拥有强大而且专业的编辑团队,并且对阿加莎·克里斯蒂的作品极有热情,这使得他们成为我们最理想的合作伙伴。如今正是一个良机,可以将这些经典作品重新翻译为更现代、更权威的版本,带给她的中国书迷,让大家有理由重温这些备受喜爱的故事,同时也可以将它们介绍给新的读者。如果阿加莎·克里斯蒂知道她的小故事们(她这样称呼自己的这些作品)仍然能给世界上这么多人带来如此巨大的阅读享受,该有多么高兴啊!

  我认为阿加莎·克里斯蒂的作品有两个非常重要的特征。首先它们是非常易于理解的。无论以哪种语言呈现,故事和情节都同样惊险刺激,呈现给读者的谜团都同样精彩,而书中人物的魅力也丝毫不受影响。我完全可以肯定,中国的读者能够像我们英国人一样充分享受赫尔克里·波洛和马普尔小姐带来的乐趣;中国读者也会和我们一样，读到二十世纪最伟大的侦探经典作品——比如《无人生还》——的时候，被震惊和恐惧牢牢钉在原地。

　　第二个特征是这些故事给我们展开了一幅英格兰的精彩画卷，特别是阿加莎·克里斯蒂那个年代的英国乡村。她的作品写于二十世纪二十年代至七十年代间，不过有时候很难说清楚每一本书是在她人生中的哪一段日子里写下的。她笔下的人物，以及他们的生活，多多少少都有些相似。如今，我们的生活瞬息万变，但"阿加莎·克里斯蒂的世界"依旧永恒。也许马普尔小姐的故事提供了最好的范例：《藏书室女尸之谜》与《复仇女神》看起来颇为相似，但实际上它们的创作年代竟然相差了三十年。

　　最后，我想提三本书，在我心目中（除了上面提过的几本之外）这几本最能说明克里斯蒂为什么能够一直受到大家的喜爱。首先是《东方快车谋杀案》，最著名，也是最机智巧妙、最有人性的一本。当你在中国乘火车长途旅行时，不妨拿出来读读吧！第二本是《谋杀启事》，一个马普尔小姐系列的故事，也是克里斯蒂的第五十本著作。这本书里的诡计是我个人最喜欢的。最后是《长夜》，一个关于邪恶如何影响三个年轻人生活的故事。这本书的写作时间正是我最了解她的时候。我能体会到她对年轻人以及他们生活的世界关心至深。

　　现在新星出版社重新将这些故事奉献给了读者。无论你最爱的是哪一本，我都希望你能感受到这份快乐。我相信这是出版界的一件盛事。

阿加莎·克里斯蒂外孙

阿加莎·克里斯蒂有限责任公司董事长

马修·普理查德

二〇一三年二月二十日

阿加莎·克里斯蒂侦探小说全集㊽

山核桃大街谋杀案
Hickory Dickory Dock

[英] 阿加莎·克里斯蒂 著
王占一 译

新 星 出 版 社　NEW STAR PRESS

嘀哒,嘀哒,当!
老鼠跑钟上,
钟敲一声响,
老鼠跑下钟,
嘀哒,嘀哒,当!

——传统儿歌,一七四四年

第一章

赫尔克里·波洛皱着眉头。

"莱蒙小姐。"他叫道。

"什么事,波洛先生?"

"这封信里有三处错误。"

他的语气中带着疑惑,因为莱蒙小姐这位做事高效得可以称之为恐怖的女人从来没有犯过错误。她从未生过病、从未感到累、从未心烦过,也从未犯过错。事实上换句话说,她根本不是女人,而是机器——一位完美的秘书。她知晓一切,能处理所有事务。她为赫尔克里·波洛处理生活琐事,以便让他也像机器一样运转着。多年以来,规则和方法成为赫尔克里·波洛的口号。他与完美的仆人乔治和完美的秘书莱蒙小姐在一起,规则和方法在他的生活中处于至高无上的地位。既然松脆饼既可以烤成方形的,也可以烤成圆形的,他就没什么可抱怨的了。

然而今天早晨,莱蒙小姐打一封极其简单的信就错了三处,而且她甚至没注意到这些错误。这种打破规律的事简直就像星星在轨道上停滞不前了!

赫尔克里递过那份令他不悦的文件。他并没有生气,只不过感到困惑。这是件不可能发生的事情——但它确实发生了!

莱蒙小姐接过这封信,看着它。这还是波洛平生第一次看见她脸红，一副与她特别不相称的窘迫表情从她的脸上蔓延到浓密而有些花白的发根。

"哎呀，"她说，"不敢想象怎么会这样。但我想是因为我的姐姐。"

"你的姐姐？"

心中又是一震。波洛从没想过莱蒙小姐还有个姐姐，或者类似的有父亲、母亲甚至祖父母。不知怎么，他觉得莱蒙小姐完全像是机器做的——可以说是精密仪器——以至于想象她有情感、会焦虑、会为亲属担忧似乎是荒唐可笑的。众所周知，当莱蒙小姐不当班时，她将全部精力都倾注在完善新的文件编排系统上，她有可能就此申请专利并署名。

"你的姐姐？"赫尔克里·波洛故此又问了一次，语气中带着怀疑。

莱蒙小姐用力地点了点头，表示肯定。

"是的，"她说，"我想我从没跟您提起过她。事实上，她的前半生都是在新加坡度过的。她丈夫在那里做橡胶生意。"

赫尔克里·波洛点头会意。在他看来，莱蒙小姐的姐姐大部分时间生活在新加坡是理所当然的。新加坡这类地方正适合这种生活。像莱蒙小姐这类女人的姐姐在新加坡嫁了人，这个世界上所有的莱蒙小姐就能够像高效的机器般致力于她们雇主的事务了。（当然，她们在业余时间还能发明文件编排系统。）

"我知道了，"他说，"请继续说吧。"

莱蒙小姐接着说。

"四年前她成了寡妇，膝下无儿无女。我设法帮她安排住进了一间非常不错的小公寓里，租金也很合理……"

（当然了，莱蒙小姐总会有办法解决这样或那样几乎不可能的事。)

"她手头上也还算比较宽裕——尽管钱不像以前那么多了。但她不追求奢华,如果谨慎度日,足够她过得非常舒服。"

莱蒙小姐停顿了一下,然后继续说:"然而实话实说,当然了,她感到孤单。她从没在英格兰居住过,没有老朋友或是关系密切的朋友。她自然有大把的空闲时间。总之,半年前她告诉我,她正考虑着找一份工作。"

"工作?"

"学监,我想人们也称之为女宿管,青年学生宿舍里的那种。宿舍是个有希腊血统的女人开的,她希望找个人帮她管理。负责饮食,顺利开展日常事务。那是一所老式宽敞的房子,在山核桃大街,如果你知道那个地方。"波洛并不了解。"那里曾经是高档住宅区,房子盖得很不错。我姐姐在那里的食宿条件很好,有自己的卧室、客厅、小浴室和厨房……"

莱蒙小姐停了下来。波洛鼓励她继续说。到目前为止还看不出这哪里像个不幸的故事。

"我对这事不以为然,但我发现我姐姐的理由很有说服力。她从来都不是整天无所事事的那种人,而是个非常务实的女人,善于处理事情——当然她好像并不想把钱拿来做投资之类的。那只是个能领到薪水的职位——薪资不算高,她也不缺钱花,没有什么重体力活要干。她向来喜欢年轻人,与他们相处融洽。她在东方生活了那么久,自然比较了解种族的差异和人类的情感。因为那家宿舍里的学生来自各个国家;大部分是英国人,但实际上想必其中有些是黑人。"

"很正常。"赫尔克里·波洛说。

"我们医院里现在几乎一半的护士都是黑人。"莱蒙小姐疑惑地说,"在我看来,他们比那些英国人更和蔼可亲、更细致入微。这与我要说的没什么关系。我们详细讨论过这个计划,最终我姐姐搬进去了。我们俩都不太喜欢那家的女主人,尼科莱蒂斯夫人,一个喜怒无常的女人。她有时可爱迷人,而有时嘛,我不得不遗憾地说,完全相反——既吝啬又不切实际。当然,如果她是个十分能干的女人,那就不需要帮手了。别人大发雷霆也好,反复无常也罢,我姐姐是个不受这些影响的人。她能够在任何人面前坚持自己的意见,绝不容忍别人胡闹。"

波洛点了点头。听了介绍的情况,他感到莱蒙小姐和她的姐姐隐约有些相似之处——一个由于婚姻和新加坡的气候而变得温柔的莱蒙小姐,但拥有同样坚强无比的内心。

"那么你姐姐接受了这项工作?"他问道。

"是的,半年前她搬到了山核桃大街二十六号。总体上她喜欢那里的工作,觉得很有意思。"

赫尔克里·波洛倾听着。到目前为止,莱蒙小姐姐姐的冒险经历还是平淡无奇得让人失望。

"然而,近一段时间她忧心忡忡,十分焦虑。"

"为什么?"

"这个,跟您说,波洛先生,她不太喜欢正在发生的一些事情。"

"那里是男女学生混住吧?"波洛含蓄地问道。

"哦,不,波洛先生,我不是要表达那个意思!通常人们对那种问题有心理准备,可以说是意料之中!不,跟您说吧,是有东西不见了。"

"不见了?"

"是的。还是些稀奇古怪的东西……而且丢东西的方式异乎寻常。"

"你说东西不见了,是指东西被偷了吗?"

"正是。"

"打过电话叫警察了吗?"

"没有,还没。我姐姐希望不必惊动警察。她喜爱那些年轻人——确切地说是其中一些人,她更愿意自己查明真相。"

"是,"波洛若有所思地说,"我完全理解。但恕我直言,这个解释不了你的担忧,我认为你是受了你姐姐焦虑的影响。"

"我不喜欢这种状态,波洛先生,一点也不喜欢。我不禁感到我不理解的一些事情正在发生。普通的解释似乎都不能很好地还原事实真相——我实在想不出还能有什么其他解释。"

波洛思索着点了点头。

莱蒙小姐唯一的弱点是缺乏想象力。一点想象力都没有。在处理实际问题时,什么都难不住她。但在需要推测时,她就不知所措了。她可不具备达瑞恩山顶上科特兹随从们[①]的心理状态。

"不是一般的小偷?也许是个有偷窃癖的人?"

"我认为不是那种人干的。"莱蒙小姐认真地说,"我研读了《大英百科全书》和医疗著作里的相关内容,但我不能确定。"

赫尔克里·波洛足足有一分半钟沉默不语。

他想让自己陷入莱蒙小姐的姐姐以及多国人宿舍的麻烦中去吗?不参与的话,莱蒙小姐再给他打字时出了错可就比较烦人和不便了。他告诉自己,如果参与这件麻烦事,也完全是出于这个理由。波洛自己并不承认近来相当无聊,因此连这么一点鸡毛蒜

[①] 典故来源于英国诗人约翰·济慈的十四行诗《初读查普曼译荷马有感》(On First Looking Into Chapman's Homer)。诗中有一部分内容是科特兹站在达瑞恩山顶凝视着太平洋,而他的随从纷纷做出天马行空的猜测。

皮的小事也能引起他的兴趣。

"芹菜在热天沉在黄油里[①]。"他嘟囔着。

"芹菜？黄油？"莱蒙小姐一脸吃惊的表情。

"从你们的一部经典著作中引用的。"他说，"无疑你应该很熟悉夏洛克·福尔摩斯的《冒险史》[②]，更不必说《福尔摩斯的功绩》[③]了。"

"你是指那些贝克街协会之类的吧。"莱蒙小姐说，"成年男人真是愚蠢！但是那里到处都是。他们长这么大了还在玩铁路模型之类的玩具。我得说我没什么时间读那些故事书。我看书的时间不太多，闲暇时我更愿意读读有助于提升能力的书。"

赫尔克里·波洛优雅地点了下头。

"莱蒙小姐，假如邀请你姐姐过来吃些不错的点心，或许是下午茶，怎么样？我也许可以给她一点帮助。"

"您太好了，波洛先生。真是个大好人。我姐姐通常下午都休息。"

"那么如果你能安排的话，我们明天聊聊怎么样？"

他又安排忠诚的乔治在适当的时候提供些多涂黄油的方形松脆饼、均匀的三明治和其他适合组成丰盛的英国下午茶的点心。

[①]引自《福尔摩斯探案全集·归来记》(*The Return of Sherlock Holmes*) 中的《六尊拿破仑半身像》(*The Six Napoleons*)。福尔摩斯在讲述怪癖行动对破案的作用时提到，热天放到黄油里的芹菜会沉多深引起了他的注意，从而破了阿巴涅特家的案子。
[②]准确地说应该出自《归来记》。
[③]由阿瑟·柯南·道尔的儿子阿德里安·柯南·道尔和美国作家约翰·迪克森·卡尔合著，出版于一九五四年。本书写于一九五五年，故波洛认为莱蒙小姐应该熟悉。

第二章

莱蒙小姐的姐姐是哈伯德太太,和她妹妹颇有几分相似。只是她的皮肤要黄得多,体态丰满,头发更加凌乱,举止略显呆板,但双眼透射出的和蔼可亲之情,正如莱蒙小姐的眼睛透过夹鼻眼镜闪现出来的机智一样。

"您真好,真的,波洛先生。"她说,"特别感谢您,还准备了这么可口的茶点。我相信我已经吃了远远超过我应该吃的量。呃,可以的话就再给我一份三明治吧。茶?好吧,只要半杯好了。"

"现在,"波洛说,"我们吃饱喝足,该谈谈正事了。"

他一边和蔼地朝她笑了笑,一边用手捻着小胡子。

哈伯德太太说:"不瞒您说,您与费莉希蒂向我描述的形象几乎完全一致。"

波洛惊讶了好一会儿才反应过来,费莉希蒂是不苟言笑的莱蒙小姐的教名。他回答说本该预料到莱蒙小姐做事的严谨程度。

"当然了,"哈伯德太太心不在焉地说,又拿起一个三明治,"费莉希蒂从来不会关心别人。我可不那样。这就是我为什么这么担心。"

"你能具体解释一下究竟在担心什么吗?"

"好的,可以。如果是钱,散落在各处的零钱,被人拿走是再自然不过的事了。或者珠宝被偷也很简单——当然我不是说简单，恰恰相反，只是可以跟偷窃癖或者不诚实的行为对号入座。我给您读一下丢失东西的清单，我写在纸上了。"

哈伯德太太打开她的包，取出一个小笔记本。

　　晚装鞋（一双新鞋中的一只）
　　手镯（人造珠宝）
　　钻石戒指（后在汤盘里找到）
　　粉盒
　　口红
　　听诊器
　　耳环
　　香烟打火机
　　旧的法兰绒裤子
　　电灯泡
　　一盒巧克力
　　丝巾（发现被人剪碎了）
　　帆布背包（同上）
　　硼酸粉
　　浴盐
　　食谱

赫尔克里·波洛深吸了一口气。

"太不寻常了，"他说，"而且十分……十分吸引人。"

他完全着迷了。他的目光从莱蒙小姐表示严重反对的表情转移到哈伯德太太那亲切又忧虑的面孔。

"恭喜你。"他热情地对后者说。

哈伯德太太显得很吃惊。

"为什么这样说，波洛先生？"

"我恭喜你遇到了这么独特而又美妙的问题。"

"呃，或许这在您看来合情合理，波洛先生，但是——"

"这份清单根本没有任何意义。这恰好使我想起最近在圣诞时节被一群年轻朋友拉去玩的一轮游戏。我没记错的话是叫'三只角的女人'。每个人轮流说出这样的短语，'我去巴黎买……'，再加上一种物品。下一个人重复上一句并且再加上一种物品，游戏的规则是看能否记住物品的正确顺序并列举出来。我得说，她们说出的一些物品简直荒诞可笑至极。我记得有一块香皂、一头白象、一张折叠桌和一只美洲家鸭。当然，记忆的难度在于物品完全无关，可以说无序可循，如同你刚刚列出来给我看的那些。比方说，等提到了十二件东西以后，把它们按照正确顺序罗列出来就几乎是不可能的事了。谁没做到的后果是戴上对手给他的纸做的角，这个人下轮继续背这些条目：'我，一只角的女人，去巴黎'之类的。拿到三只角的人被迫出局，最终留下的就是赢家。"

"我确定您就是最终的赢家，波洛先生。"莱蒙小姐带着一种忠心耿耿的雇员所特有的忠诚说道。

波洛露出了笑容。

"事实上是这样的。"他说，"即使是毫无共性可言的物品，堆积在一起也能发现规律，再运用一点智慧，可以说就能变得有序了。比如，我在心里念：'我用一块香皂洗去了一头白色大理石做的大象身上的污渍，这头大象站在折叠桌上。'诸如此类。"

哈伯德太太毕恭毕敬地说："也许您能够用我给您的清单上

的那些东西完成同样的事呢。"

"毫无疑问我能做到。一位女士右脚穿着鞋,左手腕上戴着手镯。接着她擦好了粉,涂了口红去赴宴,把戒指掉进了汤里,诸如此类。我可以把你的清单记下来,但那不是我们要关注的。为什么要偷这些毫无关联的东西?在这背后有什么规律吗?有怎样的固有联系吗?我们的当务之急是进行一系列分析,第一件事就是要仔细研究清单上所列出的物品。"

波洛独自陷入沉思时,周围鸦雀无声。哈伯德太太注视着他,就像小孩子全神贯注地看魔术师表演一样,期待着一只兔子或者至少一条条彩带出现。莱蒙小姐无动于衷,自顾自地思考着她那套系统的细节问题。

当波洛终于开口说话时,哈伯德太太吓了一跳。

"最先引起我注意的是,"波洛说,"在所有消失的东西中,绝大多数是不值钱的,有几个简直可以忽略不计。除了两个,听诊器和钻石戒指。先抛开听诊器不谈,我想把重点放在戒指上。你说是一枚价值不菲的戒指,有多贵重?"

"哦,我说不出一个确切的数来,波洛先生。戒指上有一颗大钻石,上下还镶嵌着一堆小钻石。据我了解,它是莱恩小姐母亲的订婚戒指。她发现丢了戒指之后心烦意乱到极点,当天晚上我们在霍布豪斯小姐的汤盘里找到了它,这才如释重负。我们认为那只是个令人讨厌的恶作剧。"

"的确有这个可能。但是我个人认为,戒指失而复得意义不凡。如果是口红、粉盒或书本丢了,这些都不足以让你报警。然而一枚贵重的钻石戒指就不同了,你很有可能为此报警,因此戒指被送还回来了。"

"但是如果要归还,为什么当初还要偷走呢?"莱蒙小姐皱着眉头问道。

"真实的原因嘛，"波洛说，"让我们暂时搁置这个问题。我现在想把丢的这些东西分分类，先说说丢失的戒指。这位失主莱恩小姐是谁？"

"帕特丽夏·莱恩？她是个非常不错的姑娘。正在攻读那个叫什么来着……历史学？考古学还是什么的学位。"

"手头宽裕吗？"

"哦，不太宽裕。她自己赚了一点钱，总是小心翼翼地花。正像我说的，那枚戒指是她母亲的。她有一两件珠宝，不过新衣服不多，而且她最近刚戒了烟。"

"她是一个怎样的人？请用你自己的语言描述一下她。"

"嗯，她的打扮没什么特点。长相相当平凡无奇。她文静优雅，却没有多少活力。可以说是个……嗯，一个本本分分的姑娘。"

"那枚戒指后来出现在霍布豪斯小姐的汤盘里。霍布豪斯小姐又是谁？"

"瓦莱丽·霍布豪斯？她是个聪明的黑皮肤姑娘，说起话来相当尖酸刻薄。她在一家美容院工作。'塞布丽娜女神'，我想您听说过这个名字。"

"这两个姑娘的关系好吗？"

哈伯德太太稍加思索。

"我认为非常……好。她们之间没什么纠葛。我想，帕特丽夏与每个人相处得都很融洽，不过还没达到特别讨人喜欢的程度。瓦莱丽·霍布豪斯嘴上不饶人，使得一些人对她怀有敌意。但她也有相当多的追随者，如果你懂我的意思。"

"我想我懂。"波洛说。

这么说帕特丽夏·莱恩人不错却有些沉闷,而瓦莱丽·霍布豪斯则个性十足。他继续研究那张丢失物品的清单。

"着实吸引我的是,竟有这么多不同类别的东西。这些小东西绝对能诱惑一个既自负又缺钱的姑娘,口红、人造珠宝、粉盒、浴盐或是一盒巧克力。然后是听诊器,更像一个知道去哪儿卖掉或者当掉的男人偷的。这东西是谁的?"

"是贝特森先生的,他可是个极为和善的年轻人。"

"是个医学专业的学生?"

"是的。"

"他发现东西丢了之后很生气吗?"

"简直愤怒至极,波洛先生。他有时会勃然大怒,发怒时什么话都说,不过没多久就好了。他可不是那种东西没了还能泰然处之的人。"

"有那样的人吗?"

"哦,戈帕尔·拉姆先生会这样,他是一个从印度来的学生。他对一切都一笑置之。他摆摆手说物质财产没什么大不了的。"

"他被偷了什么东西吗?"

"没有。"

"啊!这条法兰绒裤子是谁的?"

"麦克纳布先生的。已经非常旧了,要是别人会说不能穿了,但麦克纳布先生非常爱惜他的旧衣服,从来不扔掉任何东西。"

"那么我们来数数那些看上去不值得偷的东西吧:旧法兰绒裤子、电灯泡、硼酸粉、浴盐,还有食谱。它们也许重要,不过可能性不大。硼酸或许是被人误拿了,有人可能取下坏灯泡想换个新的,但又忘了。食谱可能是被谁借走了而忘记归还。哪位女佣也是有可能拿走裤子的。"

"我们雇了两个非常值得信赖的女清洁工,我确信她们谁都不会事先不请示就那么做的。"

"你也许是对的。有只晚装鞋,一双新鞋中的一只,我没记错吧?鞋是谁的?"

"萨莉·芬奇。她是个美国姑娘,靠富布赖特奖学金[①]在这儿上学。"

"你确定鞋不是放错了地方吗?我想象不出谁拿一只鞋有什么用处。"

"不会是放错了,波洛先生。我们所有人来了个地毯式搜索。您要知道,芬奇小姐穿上她所谓的'正装'——我们叫晚礼服,正要出去聚会,那双鞋至关重要,她可只有这么一双晚装鞋。"

"这给她造成了麻烦……还有烦恼。是的……是的,我有点纳闷,也许这里面有什么名堂……"

他沉默了好一会儿,然后继续道:"还有两件物品:剪碎的帆布背包和落得同样下场的丝巾。这两样既不能满足虚荣心又得不到什么好处。恰恰相反,我认为这是在恶意报复。背包是谁的?"

"几乎所有学生都有背包。您要知道,他们经常搭便车旅行。绝大多数背包极其相似,是从同一个地方买的,因此很难从中辨别是哪一个。但是基本可以确定这个背包是莱纳德·贝特森或者科林·麦克纳布的。"

"还有那条被乱剪一气的丝巾,它是谁的?"

"是瓦莱丽·霍布豪斯的。那是她的圣诞礼物。嫩绿色的,

[①] 富布赖特奖学金(Fulbright Scholarship):美国政府设置的教育资助金,旨在通过教育和文化交流增进美国人民和各国人民之间的相互了解,由来自阿肯色州的参议员詹姆斯·威廉·富布莱特于一九四六年提出。

质地上乘。"

"霍布豪斯小姐……我了解了。"

波洛闭上眼睛。脑海中浮现出一只不折不扣的万花筒。剪碎的丝巾和帆布背包、食谱、口红、浴盐；古怪学生的名字和简介，找不到它们的关联或组织方式。无关的事件和人物在空中转来转去。但是波洛心里非常清楚，一定存在着某种模式……问题是从哪儿开始……

他睁开眼睛。

"这件事需要思索一番，需要深思熟虑。"

"哦，这是毫无疑问的，波洛先生。"哈伯德太太急切地表示赞同，"而且我确实不想给您添麻烦……"

"你并没有给我添什么麻烦。是我自己被吸引住了。但是在思考的同时，我可以从实际出发。一个切入点……鞋，那双晚装鞋……没错，我们可以从那双鞋入手。莱蒙小姐！"

"什么事，波洛先生？"莱蒙小姐将思绪从文件编排中收回，坐得更加笔直，不自觉地去拿便笺和铅笔。

"或许哈伯德太太会把另一只鞋给你。然后你去贝克街站，到失物招领处。是什么时候发现丢失的？"

哈伯德太太想了想。

"哦，我记不清确切的时间了，波洛先生。可能是两个月前。我记不起更准确的时间了，但是我能从萨莉·芬奇赴宴的日子推断出来。"

"好的，嗯……"他又把头转向了莱蒙小姐，"你要写得含糊点。可以写你把一只鞋落在了内环列车上，这是最有可能发生的，或者落在其他什么列车上了。也可能是公共汽车。山核桃大街周围有多少条公交线路？"

"只有两条,波洛先生。"

"太好了。如果在贝克街一无所获,就试试去苏格兰场。跟他们说丢在了出租车上。"

"是去兰贝斯区警察局①。"莱蒙小姐马上纠正道。

波洛摆了摆手。

"你对这些事总是了如指掌。"

"可是为什么您认为——"哈伯德太太刚要发问,波洛就打断了她。

"让我们先瞧瞧会有什么结果。然后,不管结果是好是坏,哈伯德太太,我们俩必须进一步商量。到那时你要把我需要了解的事情都告诉我。"

"我认为我已经将所知道的全部跟您说了。"

"不不,我不同意你的看法。不同脾气秉性和性别的年轻人聚在一起,A深爱着B,可B又爱着C,D和E可能因为A兵戎相见,所有这些我都需要了解。情绪的相互影响、争吵、嫉妒、友谊、怨恨和所有的无情无义。"

"我敢确定,"哈伯德太太倍感不快地说,"对于那类事情我一无所知。我一点也不参与。我仅仅是管理那个宿舍,照看好饮食和其他那一类的事情。"

"但是你对那些人感兴趣,你这么对我说过。你喜欢年轻人。你从事这项工作不是因为对待遇方面有多大兴趣,而是因为这项工作能与人打交道。也许有些学生你喜欢,有些则不那么喜欢,或是很讨厌。你要告诉我,是的,你一定要告诉我!因为你不是为正在发生的事担忧,如果是,你可以报警——"

---

① 波洛所说的苏格兰场是伦敦地区警察的代名词,莱蒙小姐具体说出了该去的分局名称。

"尼科莱蒂斯夫人不愿让警察来家里,我向您保证。"

波洛对被人打断毫不理睬,他继续说道:"不是,你是在为某个人担心,某个对这件事负责或至少有所牵连的人。是个你喜欢的人。"

"确实是这样的,波洛先生。"

"没错,果真如此。而且我认为你的担心有道理。把丝巾都剪碎了,这可不是什么好事。还有那个被乱砍了一气的背包,也是不正常的。其余的像是小孩子才干的出来的事,然而……我还不确定。我一点也不能确定!"

第三章

哈伯德太太急匆匆地走上山核桃大街二十六号的台阶,拿出钥匙去开门锁。门刚一开,一个火红色头发的大块头年轻人就从她后面跑上了台阶。

"嗨,妈。"伦恩[①]·贝特森用平常称呼她的方式打着招呼。他是个待人友善的家伙,操着一口伦敦腔,并且从未因此而感到自卑。"出去溜达了?"

"我出去喝茶了,贝特森先生。我已经回来晚了,别耽搁我。"

"我今天切碎了一具可爱的尸体,"伦恩说,"真了不起啊!"

"别说得这么恐怖,你这个坏孩子。可爱的尸体,真是的!怎么想的。你这么说让我感到很恶心。"

伦恩·贝特森笑了,哈哈大笑的声音在门厅里回响着。

"和西莉亚相比算不了什么。"他说,"我去了药房,对她说:'过来,我给你讲讲有关一具尸体的事。'她的脸立马变得像纸一样白,我觉得她就要昏倒了。您觉得如何呢,哈伯德太太?"

"我并不感到吃惊。"哈伯德太太说,"你这鬼主意!估计西

[①]伦恩是莱纳德的昵称。

莉亚认为你打算弄一具真的尸体。"

"您是什么意思？真的尸体？您认为我们的尸体是什么？人工合成的吗？"

一个留着凌乱的长头发、身材瘦削的年轻人从右边的房间里溜达出来，尖刻地说："哦，只有你在，我还以为至少有一队壮汉呢。声音是一个人发出的，但是音量像是十个人集体发出的似的。"

"希望没有搅得你心烦，我相信没有。"

"和平时差不多。"奈杰尔·查普曼边说边走了回去。

"真是个温室里的花朵。"伦恩说。

"你们俩不要吵。"哈伯德太太说，"我喜欢脾气好并能够尽量相互迁就的。"

那个魁梧的年轻人亲切地朝她咧嘴一笑。

"我不会介意奈杰尔的，妈。"他说。

"哦，哈伯德太太，尼科莱蒂斯夫人在她的房间里，她让你一回来就马上去找她。"

哈伯德太太叹了口气，然后迈步上楼梯。传这个口信的黑皮肤高个子姑娘靠墙站着，为了让她过去。

伦恩·贝特森边脱雨衣边说："怎么了，瓦莱丽？哈伯德妈妈是不是要定期汇报我们的行踪？"

这位姑娘耸了耸她那瘦削而优雅的双肩。她下了楼，穿过大厅。"这地方越来越像精神病院了。"她转过头说了一句。

她穿过右边那扇门，一举一动毫不矫揉造作，自然地显出一种傲慢的魅力，与专业的时装模特没什么两样。

山核桃大街二十六号实际上是由二十四和二十六号两间半独立的房子构成。把一楼打通开来，就有了公共客厅和一间很大的餐厅，屋子后面还有两间盥洗室和一个小办公室。两段单独的楼梯分别通往上面各自独立的楼层。姑娘们的卧室在房子的右边，小伙子们住另一边，也就是原来的二十四号。

哈伯德太太走上楼，松了松外套的衣领，然后她转向尼科莱蒂斯夫人的房间，叹了口气。

她轻轻地敲了敲门，走了进去。

"我猜她又要发作了。"她自言自语道。

尼科莱蒂斯夫人的起居室里一直保持着很高的温度。大号电暖炉的每一片散热片都开着，窗户也关得严严实实。尼科莱蒂斯夫人坐在沙发上抽烟，周围堆着许多丝绸或天鹅绒的沙发垫，都很脏。她是个身材高大的黑皮肤女人，风韵犹存，长着一张一看就很刻薄的嘴和一双大得出奇的棕色眼睛。

"啊！你可来了。"尼科莱蒂斯夫人的语气听起来像在谴责。

哈伯德太太不愧拥有莱蒙家族的血统，她镇定自若。

"是啊，"她针锋相对，"我来了，听说你点名找我。"

"没错，我确实要找你。太荒谬了，不是一点半点的，是十分荒谬！"

"什么东西荒谬？"

"那些账单！你的账目！"尼科莱蒂斯夫人变魔术似的从垫子下面拿出一沓纸，"我们给这些悲惨的学生都吃了什么？鹅肝酱和鹌鹑吗？这里是丽兹酒店吗？你认为那些学生是什么？"

"年轻人的胃口比较好。"哈伯德太太说，"他们吃着不错的早餐和像样的晚餐，都是家常饭菜，不过很有营养。所有的开销还是比较节俭的。"

"节俭？节俭吗？！你敢这么跟我说？我都要被他们吃垮了好吗？"

"尼科莱蒂斯夫人,您从这个地方赚得的利润可不少。对于学生们来讲,价格算是比较高了。"

"但这里不是什么时候都住得满满当当的吗?哪个空位不是三天两头有人申请?英国文化协会、伦敦大学寄宿处、大使馆和法国公立中学不都往我这儿送学生吗?每个空位不都是三番五次有人申请吗?"

"这主要是因为这里的饭菜好吃且份量足。年轻人必须吃得好。"

"呸!这总额简直太无耻了。一定是那个意大利厨子和她丈夫,他们在食材上欺骗了你。"

"哦,不,他们没有,尼科莱蒂斯夫人。我敢向你保证,没有外国人能骗得了我任何事。"

"那就是你自己,你在打劫我。"

哈伯德太太保持着镇定。

"我不允许你这样说。"她说,声音就像守旧的保姆在面对极其无理的指责,"这么说可不太妥当,总有一天会给你惹来麻烦的。"

"啊!"尼科莱蒂斯夫人猛地把那堆账单抛向空中,飘得到处都是。

哈伯德太太弯腰捡起来,噘着嘴唇。"你把我惹火了。"她的主人喊道。

"大概吧。"哈伯德太太说,"不过要知道,这样过于激动对你不好。脾气太大对血压不好。"

"你承认总额比上周要高吧?"

"无疑是高一些。兰普森商店有些非常不错的打折食材在卖,我趁机多买了一些。下周的花销总额就会低于平均水平了。"

尼科莱蒂斯夫人的脸色阴沉。

"你解释每件事都振振有词。"

"好了。"哈伯德太太把账单整理成一堆放在桌上,"还有其他事吗?"

"那个美国姑娘,萨莉·芬奇,她说要离开。我不想让她走。她拿着富布赖特奖学金,她能把其他富布赖特奖学金获得者引到这里来。她一定不能离开。"

"她为什么要走呢?"

尼科莱蒂斯夫人耸起宽阔的肩膀。

"我不记得了。她没说真话,我能看出来。他们向来瞒不了我。"

哈伯德太太若有所思地点了点头。在这点上她倾向于相信尼科莱蒂斯夫人。

"萨莉什么都没对我说过。"她说。

"可你会找她聊聊的吧?"

"是的,当然。"

"而且如果是那些有色人种学生,像那些印度人、女黑人,他们都可以走,你懂吗?种族歧视,美国人极为重视这点。而我看重的是美国人。那么让那些有色人种滚开吧!"

她做了个夸张的手势。

"只要是我负责这里时就不行。"哈伯德太太冷冷地说,"不管怎么说,你的说法不对。学生中间并没有那样的情绪,而且萨莉一定不是那样的人。她和阿基博姆博先生经常共进午餐,没人肤色比他更黑了。"

"另外还有共产党人。你是知道美国人是怎么看待共产党人的,奈杰尔·查普曼现在……他就是个共产党员。"

"我对此表示怀疑。"

"好，好，你真应该听听那天晚上他是怎么说的。"

"奈杰尔常常口无遮拦，惹恼别人。他那样非常令人讨厌。"

"你对他们所有人都了解得很。亲爱的哈伯德太太，你真是太棒了！我一次又一次对自己说，如果没有哈伯德太太我该怎么办？我完完全全依赖你。你是个极好的、极好的女人。"

"打一棒子给颗甜枣。"哈伯德太太说。

"你说什么？"

"没什么。我会做好力所能及的事。"

她离开了房间，不顾身后那些喷涌而出的感谢之辞。

她自言自语道："白白浪费我的时间，真是个让人抓狂的女人！"说完急匆匆地穿过走廊，进到自己的起居室。

但是哈伯德太太仍然没能得来些许安静。她刚一进屋，就有个高个子的姑娘站起来对她说："我想跟您聊几分钟，可以吗？"

"当然了，伊丽莎白。"

哈伯德太太相当惊讶。伊丽莎白·约翰斯顿是个从西印度群岛来这里学习法律的姑娘，她学习努力且很有雄心，但不怎么与人交往。她一向给人的印象是各方面表现得特别均衡，办事能力强，哈伯德太太一直把她当成宿舍里最满意的学生之一。

她已经在极力地控制了，虽然黝黑的脸上面无表情，不过哈伯德太太从她的声音里听出了轻微的颤抖。

"有什么事情吗？"

"有。能请您到我的房间里吗？"

"稍等一会儿。"哈伯德太太脱掉外套、摘下手套，然后跟着这个姑娘出了房间，走上通往楼上的楼梯。这个姑娘的房间在顶层。她打开房门，径直走向窗边的桌子。

"这是我的论文。"她说,"这代表了我几个月的辛苦努力。您看看有人对它做了什么?"

哈伯德太太倒吸了一口冷气。

墨水洒在了桌子上,流得论文上到处都是,完全浸透了。哈伯德太太用指尖碰了一下,还是湿的。

她虽然知道问题有些愚蠢,可还是问道:"不是你自己弄洒了墨水吧?"

"不是。这是在我出去时洒上的。"

"比格斯太太,你认不认为……"

比格斯太太是照看顶层卧室的女清洁工。

"不是比格斯太太。这甚至都不是我自己的墨水。我的墨水在床边的书架上,没人动过。有人把墨水带到这儿,故意做了这件坏事。"

哈伯德太太惊呆了。

"真是干了件极其恶劣残忍的事。"

"是啊,真是件坏事。"

姑娘平静地说着,但是哈伯德太太不会真的以为她能这么心平气和。

"呃,伊丽莎白,我几乎不知道该说什么了。我感到震惊,非常震惊,我会尽最大努力找出是谁做了这么缺德恶毒的事。关于这点,你有什么思路吗?"

姑娘脱口而出:"这是绿墨水,您看到了。"

"是的,我注意到了。"

"绿墨水不是很常见。我知道这里有一个人在用。是奈杰尔·查普曼。"

"奈杰尔?你认为奈杰尔会做这样的事?"

"我不应该这么认为。但他确实用绿墨水写信和记笔记。"

"我必须问一些问题。伊丽莎白,对于在这间屋子里发生这样的事情我感到非常抱歉,我唯一能告诉你的就是,我会竭尽全力揭开真相。"

"谢谢您,哈伯德太太。还发生了……其他的事情,不是吗?"

"是。呃……是的。"

哈伯德太太离开房间,走向楼梯。但她在刚要下楼的一刻突然停住了,走向了走廊尽头的一扇房门。她敲了一下门,萨莉·芬奇小姐的声音响起,让她进去。

这个房间让人感到舒服,而且生性开朗、长着红头发的萨莉·芬奇本人也是个讨人喜欢的人。

她正在写便笺,鼓着腮帮子抬起了头。她拿出一盒打开的糖果,有些口齿不清地说:"从家里带来的糖果,吃点吧。"

"谢谢你,萨莉,但我现在不想吃。我相当心烦意乱。"哈伯德太太顿了一下,"你听说伊丽莎白·约翰斯顿出了什么事吗?"

"黑贝丝出了什么事?"

黑贝丝是个充满爱意的昵称,而且那个姑娘本人已经接受了。

哈伯德太太描述了所发生的事。萨莉表现出既十分同情又无比愤怒的样子。

"我想说那真是件卑鄙的事。真是难以置信,什么人会对我们的黑贝丝做出那样的事。每个人都喜欢她。她那么文静,很少与人打交道或参加什么活动,但是我相信,没有人不喜欢她。"

"这也是我想说的。"

"哦,和其他的事情十分相似,不是吗?这就是为什么……"

"什么为什么?"哈伯德太太见这姑娘突然停了下来了,

便追问道。

萨莉慢悠悠地说："这就是我为什么要离开这里。尼科太太跟您讲了吗？"

"讲了。她对于你要离开非常烦躁不安，她似乎认为你并没有告诉她真正的原因。"

"嗯，我是没告诉她。没有必要让她火冒三丈。您知道她是个什么样的人。但那个理由已经足够充分了。我只是不喜欢这里最近发生的事。我的鞋丢了真是件怪事，然后是瓦莱丽的丝巾被人剪碎了，还有伦恩的背包……小偷小摸并没什么大不了的，毕竟时有发生。这种事不光彩，不过还说得过去。但这里发生的事可就不一样了。"她停顿了一会儿，面带微笑，然后突然咧嘴大笑了起来，"阿基博姆博害怕了。"她说，"他总是很出众，有文化素养，但他们西非有个不错的老旧信仰，非常接近于表象的巫术。"

"讨厌！"哈伯德太太生气地说，"我可忍受不了迷信的荒谬说法。那只是普通人自己做些惹人烦的事罢了。仅此而已。"

萨莉的嘴角向上翘，像猫一样笑起来。

"重点，"她说，"在'普通'上。我有一种预感，这个房子里的某个人并不普通。"

哈伯德太太走下楼梯，转身走进位于一楼的学生公共休息室。房间里有四个人。瓦莱丽·霍布豪斯斜躺在沙发上，她那优雅纤细的双腿高高地架在沙发扶手上；奈杰尔·查普曼坐在桌子旁边，面前摊着一本打开的厚书；帕特丽夏·莱恩倚靠着壁炉台。一个身穿雨衣的姑娘刚刚走进屋，哈伯德太太进来时她正摘下羊毛帽。她是个身材矮胖但皮肤白皙的姑娘，一双棕色的眼睛分得有点开，嘴总是微微张开着，就像一直受着什么惊吓似的。

瓦莱丽把烟从嘴里拿开,用懒洋洋、慢吞吞的腔调说:"您好呀,妈。有没有给那个让我们如老魔鬼般敬畏的女主人拿一杯舒缓糖浆呢?"

帕特丽夏·莱恩说:"她还在气头上吗?"

"她因为什么发火?"瓦莱丽咯咯地笑着说。

"发生了一些不愉快的事。"哈伯德太太说,"奈杰尔,我想让你帮我个忙。"

"我吗,妈妈?"奈杰尔一边看着她一边合上了书。他那不怀好意的瘦削脸庞上忽然显现出淘气的神态,但是笑容出奇地甜。"我做了什么?"

"没做什么,我希望。"哈伯德太太说,"但是有人故意使坏,把墨水狠狠地泼在了伊丽莎白·约翰斯顿的论文上,而且是绿墨水。你用绿墨水写字,奈杰尔。"

他盯着她,笑容消失了。

"是的,我是用绿墨水。"

"可恶的家伙,"帕特丽夏说,"我希望你没那么做,奈杰尔。我对你说过很多次,这样下去会给你带来非常大的影响。"

"我喜欢受到影响。"奈杰尔说,"淡紫色的墨水更好,我认为。我一定要试着搞一些来。不过您是认真的吗,妈妈?我是说搞破坏?"

"是的,我是认真的。是你干的吗,奈杰尔?"

"不,当然不是。我喜欢捉弄人,正如您所知道的,但我从来不做那种肮脏的恶作剧,当然也不会对专注于自己事业的黑贝丝那么做,她和我心中那些能提起的榜样人物一样。我的墨水在哪儿?我记得,昨晚给钢笔加满了。我通常把它放在那边的书架上。"他一跃而起,穿过房间,"您是对的。墨水瓶几乎空了,但实际上它应该是满的。"

穿雨衣的姑娘轻轻地吸了口气。

"哦，天哪，"她说，"哦，天哪，我不喜欢这种事……"

奈杰尔转向她，并发难。

"你有不在场证明吗，西莉亚？"他用威胁的语气说。

那姑娘吓得屏住了呼吸。

"不是我做的，我真的没做。我一整天都在医院里。我不可能……"

"好了，奈杰尔。"哈伯德太太说，"别吓唬西莉亚了。"

帕特丽夏·莱恩生气地说："我不理解奈杰尔为什么会被怀疑，只是因为他的墨水被人用来……"

瓦莱丽刻薄地说："做得对，亲爱的，保护好你的小孩。"

"但这样不公平……"

"我真的什么都没有做。"西莉亚一本正经地表示抗议。

"没人认为是你干的，孩子。"瓦莱丽不耐烦地说，"要我看，都一样。"她与哈伯德太太目光相接，彼此交换了一下眼神，"所有这些都已经超出了开玩笑的范围，是该做点什么了。"

"是该采取点措施了。"哈伯德太太严肃地说。

第四章

"给您,波洛先生。"

莱蒙小姐把一个棕色的小纸包递到波洛眼前。他撕掉包装纸,仔细打量着一只做工精巧的银色晚装鞋。

"就像您说的,我在贝克街找到的。"

"这可帮了我们的忙。"波洛说,"同时也证实了我的想法。"

"正是。"天生无比缺乏好奇心的莱蒙小姐说。

然而,她很容易受到家人感情的影响。她说:"如果不是太麻烦您的话,波洛先生,我收到一封我姐姐寄来的信,事情有了一些新的进展。"

"可以让我看看吗?"

她把信递过去,波洛读过之后让莱蒙小姐给她姐姐打个电话。不一会儿,莱蒙小姐表示线路已接通。波洛拿起电话接听。

"是哈伯德太太吗?"

"哦,是我,波洛先生。感谢您这么快就给我打电话。我真的非常——"

波洛打断了她。

"你是从哪里打来的?"

"怎么?当然是从山核桃大街二十六号。哦,我明白您的意思了。我在自己的起居室里。"

"那边有分机吗?"

"这部就是分机,总机在楼下的大厅里。"

"有没有人可能在屋子里偷听?"

"每天的这个时间学生们都出去了。厨子去菜市场了,她的丈夫杰罗尼莫几乎不懂英语。还有个女清洁工,但她是个聋子,我非常肯定,您不用担心有人偷听。"

"非常好。我可以自由地说话了。你们会偶尔在晚上办个讲座或者看场电影吗,搞点娱乐活动之类的?"

"我们有时会办讲座。巴尔特劳特小姐,那位探险家,前不久来过,分享了她五花八门的幻灯片。尽管那晚有不少学生出去了,但她分享的远东任务经历对我们仍然很有吸引力。"

"啊,那么今晚你将邀请的是你妹妹的雇主,赫尔克里·波洛先生,他去给你的学生们讲述案子里甚为有趣的部分。"

"这真是太好了,我没问题。但是您是不是认为……"

"不存在什么认为不认为的问题,就这么定了!"

那晚,学生们一走进公共休息室,就发现门里边的布告栏上多了一份通知。

赫尔克里·波洛先生,著名的私家侦探,热情地答应我们今晚就他成功的侦探理论和实践做个演讲,其中包括知名犯罪案例的报告。

回来的学生们对此七嘴八舌地展开了议论。

"这个私家侦探是谁?""从没听说过他。""哦,我听说过。有个男人因谋杀一个女清洁工被判处死刑,这个侦探在最后关头找出真凶,从而救了他①。""听起来没什么大不了的。""我认为相当有趣。""科林应该感兴趣,他对犯罪心理学十分着迷。""我不敢妄下断言,但也不否认跟一位与罪犯密切接触过的人聊聊会很有意思。"

晚餐七点半开始。当哈伯德太太从她的起居室(尊贵的客人已经在那里品尝过雪莉酒了)下来时,大多数学生都已就座。她身后跟着一个上了年纪的小个子男人,一头黑发让人怀疑是不是真的,手一直捻着他那形状特殊的小胡子。

"波洛先生,这些是我们的一部分学生。这位是波洛先生,晚饭后他将亲切地为我们做报告。"

相互寒暄后,意大利小个子男仆端上来一大碗鲜美的蔬菜面条汤。波洛坐在哈伯德太太旁边,正忙着避免让他的胡子沾上汤汁。

接下来的菜是一盘滚烫的意大利细面条和肉丸。就在这时,坐在波洛右边的姑娘怯生生地跟他搭话。

"哈伯德太太的妹妹真的在为您工作?"

波洛转过头看着她。

"确实是这样的。这么多年,莱蒙小姐一直是我的秘书。她是我见过的做事最高效的女人,我有时候都有点怕她。"

"哦,我懂了。我想知道……"

"你想知道什么呢,小姐?"

他如慈父般冲她微笑着,脑子里开始琢磨。

漂亮可爱、闷闷不乐、反应不是太快、有点胆小……他说:"能告诉我你的名字和所学的专业吗?"

---

① 出自阿加莎·克里斯蒂另一篇以波洛为主人公的长篇小说《清洁女工之死》(*Mrs.McGinty's Dead*)。

"我叫西莉亚·奥斯汀。我没在上学,我是圣凯瑟琳医院的一名药剂师。"

"啊,那份工作挺有意思的吧?"

"呃,我不知道……也许是吧。"她的语气很不确定。

"其他人呢?方便的话,你能和我说说其他人吗?我听说这里是外国学生之家,但是看上去大多是英国人。"

"一些外国学生出去了。钱德拉·拉尔先生和戈帕尔·拉姆先生,他们是印度人。赖因吉尔小姐是荷兰人,还有艾哈迈德·阿里先生,他是埃及人,是个政治狂人!"

"在座的都是谁呢?给我说说吧。"

"哦,坐在哈伯德太太左边的是奈杰尔·查普曼,他在伦敦大学研究中世纪史和意大利语。那边挨着他、戴眼镜的是帕特丽夏·莱恩,她在攻读考古学学位。那个红头发的高个子男孩叫伦恩·贝特森,他是个医生。还有那个黑皮肤的姑娘,是瓦莱丽·霍布豪斯,她在一家美容院工作。坐在她旁边的是科林·麦克纳布,他在上精神病学的研究生课程。"

她在介绍科林时语气有轻微的变化。波洛敏锐地瞥向她,看到她的脸色也有了些许变化。

他心里想:看来她爱上他了,而且无法轻易隐藏自己的感情。

他注意到年轻的麦克纳布坐在桌子对面,好像从没往她这边看过,他正与旁边的红头发姑娘聊得热火朝天。

"那位是萨莉·芬奇,她是个美国人,拿着富布赖特奖学金来到这边学习。那边那位是吉纳维芙·玛丽考德,她在学习英语。挨着她的是雷内·哈雷。那个小美人叫吉恩·汤姆林森,她也在圣凯瑟琳医院工作,是个理疗师。那个黑人叫阿基博姆博,他来自西非,人非常好。还有伊丽莎白·约翰斯顿,她来自牙买加，是研究法律的。挨着我们、在我右边的两名土耳其学生大约一周前才来，他们几乎完全不懂英语。"

"谢谢你。你们一起相处得还算融洽吗？还是会发生争吵呢？"

他轻松的语气使得这句话不那么严肃刻板了。

西莉亚说："哦，我们都很忙，忙得真是没时间吵架。尽管……"

"尽管什么，西莉亚小姐？"

"呃……奈杰尔，哈伯德太太旁边那位，他喜欢煽动大家的情绪，让大家生气。伦恩·贝特森则容易发火，他有时会暴跳如雷，但他也确实非常讨人喜欢。"

"那科林·麦克纳布呢？他也容易发怒吗？"

"哦，不，科林只会扬起眉毛，逗人发笑。"

"我明白了。年轻的姑娘们呢，你们之间有争吵吗？"

"哦，不，我们相处得非常融洽。吉纳维芙有时会耍点小脾气。我觉得法国人比较敏感，哎呀，我的意思是……对不起。"

西莉亚神情有些慌乱。

"我啊，我是比利时人。"波洛郑重其事地说。他抢在西莉亚缓过劲来之前立刻继续说道："你刚才想说什么来着，奥斯汀小姐？刚才你说你想知道些什么，你想知道什么呢？"

她紧张地把面包捏成了碎屑。

"哦，那个，没什么。真的没什么……只是，最近有人搞了一些愚蠢的恶作剧，我认为哈伯德太太……我真是太傻了，我并没想表达什么。"

波洛没有向她施压，他把脸转向哈伯德太太，参与到和她，还有奈杰尔·查普曼的三方谈话中。奈杰尔引入了"犯罪是种富有创造力的艺术形式"这样一个具有争议的话题。实际上与社会格格不入的是那些警察,他们从事这项职业是因为暗藏于心的施虐本性。波洛被逗笑了,他注意到奈杰尔一发表评论,坐在他身边的那个看似焦虑、戴着眼镜的年轻女人就立马拼命为他辩解。然而奈杰尔完全没有注意到她。

哈伯德太太露出了亲切的笑容。

"你们年轻人如今除了政治学和心理学之外什么都不想。"她说,"当我还是个小姑娘时,比你们无忧无虑多了。我们会跳舞。如果把公共休息室的地毯卷起来,就成了相当合适的场地。人们随着收音机翩翩起舞,但是你们从来不会这样做。"

西莉亚笑了,带着一点点恶意的口吻说:"但你跳过舞,奈杰尔。我和你跳过一次,虽然我并不指望你能记起来。"

"你和我跳过舞?"奈杰尔疑惑地问道,"在哪儿?"

"在剑桥大学……五月周[①]。"

"哦,五月周!"奈杰尔挥挥手,好像要告别年少时的罪恶。

"每个人都经历过青少年时代。幸好它转瞬即逝。"

奈杰尔现在明显不超过二十五岁。波洛因为有胡子才挡住了笑容。

帕特丽夏·莱恩认真地说:"您也看见了,哈伯德太太,我们有太多要完成的学习任务。要参加讲座,要写论文,如果不是什么非做不可的事,我们实在是没有时间。"

"哦,我亲爱的,每个人只年轻一次。"哈伯德太太说。

意大利细面条和巧克力布丁被陆续端上来,晚餐后他们都

[①] 五月周(May Week),剑桥大学各学院在每个学年结束后会举行舞会、焰火等特色庆祝活动。学生们以彻夜狂欢的方式庆祝考试结束。虽然后来学制改革,毕业和考试都改到了六月,但"五月周"和"五月舞会"的名字一直延续至今。

走进了公共休息室,随意从桌上的水壶中取用咖啡。随后大家请波洛开始演讲。两个土耳其学生礼貌地离开了,剩下的人自行落座,翘首以待。

波洛站起身来,以他一贯的沉着镇定开始演讲。自己的声音总是令他心情愉悦,他以轻松快乐的方式讲了四十五分钟,适度夸张地向听众们回顾了他的那些经历。如果他想以精妙的方式把自己包装成一个骗子,也绝不会表现得不自然。

"因此,你们看,"他开始总结陈词,"我对这座城市里的一位先生说,我想起一个在列日①认识的肥皂生产商,他为了娶漂亮的金发女秘书而毒死了自己的妻子。我说得非常轻松,但马上就看到了他的反应。他把我刚帮他找回来的钱硬塞给我,脸色变得苍白,眼中充满了恐惧。我说:'我会把这笔钱捐给应得的慈善机构。''您愿意怎么做都可以。'他说。然后我非常意味深长地对他说:'先生,十分小心谨慎才是明智的。'他点头同意,没说什么。我一走出去就看到他在擦拭前额,他明显受到了巨大的惊吓,而我呢,我挽救了他的生命。因为虽然他仍为了金发女秘书而神魂颠倒,但现在他不会试着去毒死他那既愚蠢又脾气不好的妻子。预防总要好于治疗。我们要防止谋杀,而不是等到凶手们已经付诸了行动。"

他鞠了一躬,伸出双手。

"好了,我已经占用你们够多的时间了。"

学生们为他热烈地鼓掌。波洛再鞠一躬。之后,他刚要坐下,科林·麦克纳布把咬在嘴里的烟斗拿下来,说道:"那么现在,或许你该告诉我们你来这里的真正目的了吧!"

---

①列日(Liège),位于比利时东部的一座城市。

34

沉默了瞬间，帕特丽夏用责备的语气对他说："科林！"

"好吧，我们可以猜一猜，不是吗？"他轻蔑地环顾四周，"波洛先生给我们做了一次有趣的小小发言，但这并不是他来这里的目的。他有事在身。波洛先生，难道你真的认为我们都笨到那个程度？"

"你说的只是你的观点，科林。"萨莉说。

"但我说的是真的，不是吗？"科林说。

波洛又摊开双手，做了个优雅的表示肯定的动作。

"我承认。"他说，"我们亲切的女主人向我吐露了某些使她担心的事情。"

伦恩·贝特森站起来，面色凝重，气势汹汹。

"看看吧，"他说，"这算什么？是要栽赃给我们吗？"

"贝特森，你真是刚刚才恍然大悟的吗？"奈杰尔惬意地说。

西莉亚吓得深吸一口气，说："这么说我猜对了！"

哈伯德太太用权威性的语气断然道："我让波洛先生来给我们做个报告，我也想就近来发生的各种事情向他征求建议。是该采取一些措施了，我看唯一可取的办法是……报警。"

激烈的争论立刻爆发了。吉纳维芙突然发作起来，用法语叫喊。"真是奇耻大辱，报警真是太丢脸了！"其他人七嘴八舌地加入争论，有支持的也有反对的。最终还是平静下来，莱纳德·贝特森提高嗓音做出了决定。

"让我们听听波洛先生对于我们的麻烦有什么高见。"

哈伯德太太说："我已经告诉了波洛先生全部的事实。如果他想问什么问题，我相信你们都不会反对。"

波洛向她鞠了一躬。

"谢谢。"他像个魔术师一般拿出一双晚装鞋，交给萨莉·芬奇。

"是你的鞋吗,小姐?"

"这是怎么回事?没错,可怎么是一双?丢的那只是在哪儿找到的?"

"在贝克街车站的失物招领处找到的。"

"您怎么会想到在那里呢,波洛先生?"

"一个非常简单的推理过程。有人从你的房间里拿走了一只鞋,为什么?不是为了穿,也不是为了卖。而藏在这所房子里会被大家想尽办法找到,所以鞋必须拿到屋外,或者毁掉。但是毁掉一只鞋并不容易。最简单的方法就是把它包起来,在上下班高峰期间带到公共汽车或者火车上,塞到座位下面。这是我的第一感觉,事实证明是正确的。我知道我的方向是对的。鞋子被人拿走了,就像你们的一首诗里说的。'是为了捣乱,他只不过是在撒娇和卖傻'[①]。"

瓦莱丽大笑一声。

"那是在说你吧,奈杰尔,亲爱的,一点都不差。"

奈杰尔有点不自然地笑着说:"那鞋如果合脚的话,我就会穿上它。"

"胡说,"萨莉说,"奈杰尔没偷我的鞋。"

"他当然没偷,"帕特丽夏愤怒地说,"这真是荒谬至极的想法。"

"我不知道哪儿荒谬了?"奈杰尔说,"事实上我根本没做过这种事情。而毫无疑问,我们都会这么说。"

波洛等着他们说完,就像演员在等待提示一样。他的目光若

[①] 引自《爱丽丝梦游仙境》第六章,公爵夫人唱的一首催眠曲。

有所思地停留在伦恩·贝特森那张激动的脸上,接着好奇地扫视了一遍其他的学生。

他刻意做了个外国人常做的手势,说道:"我的身份有点微妙。我是这里的客人,受哈伯德太太邀请而来,来度过一个愉快的晚上,仅此而已。还有,当然了,为了把一双可爱的鞋子还给这位小姐。至于更进一步的……"他略作停顿,"贝……特森先生?对,贝特森,让我说说对这件'麻烦事'的看法。但是我谈论这个不太妥当,除非你们都愿意让我讲,而不是只有一个人邀请我。"

大家都看见阿基博姆博先生郑重其事地点了点他那长满黑色卷发的头。

"这个程序非常正确,是的,"他说,"真正的民主程序是所有在场的人投票表决。"

萨莉·芬奇不耐烦地高声说道:"啊,什么?"她说,"这是个聚会,所有的朋友聚在一起。让我们听听波洛先生的建议吧,别再小题大做了。"

"我不能更赞同你了,萨莉。"奈杰尔说。

波洛点了点头。

"非常好。"他说,"既然你们都问我这个问题,那我就做个回答。我的建议相当简单。哈伯德太太,或者尼科莱蒂斯夫人,应该马上报警,刻不容缓。"

第五章

毫无疑问,波洛的建议出乎了众人的意料。随之而来引发的不是一连串的抗议或批评,而是一阵突如其来的、令人不舒服的沉默。

趁着空气瞬间凝固,波洛被哈伯德太太带去了她的起居室。他在离开之前只是急匆匆地说了一句礼貌的话——"大家晚安"。

哈伯德太太打开灯、关上门,让波洛先生坐在壁炉旁的扶手椅上。她脸上和蔼愉快的表情消失了,取而代之的是怀疑和焦虑。她给她的客人敬上一支香烟,但波洛礼貌地拒绝了,解释说他更喜欢抽自己的。他也给了她一支,但她谢绝了,以心不在焉的语气说道:"我不抽烟,波洛先生。"

接着她在他对面坐下,犹豫了一下之后说:"我相信您是正确的,波洛先生。或许我们应当叫警察来管管这件事,尤其是在发生恶意的墨水事件之后。但是我宁愿希望您没这么说,没说得那么直接。"

"啊。"波洛说,他刚点着一支小烟卷,看着烟缓缓上升,"你说我本该掩饰一下的?"

"哦,我想那么做确实不错,既公平合理又光明磊落,但在我看来,保持冷静可能更好。可以请一位警官过来,私下里跟他说明这件事。我的意思是,不管是谁做了这么愚蠢的事,呃,那个人现在已经受到警告了。"

"也许吧。"

"我想这一点是十分肯定的。"哈伯德太太一针见血地强调，"不是也许！即使这个人是一个今晚没在这里的仆人或学生，消息也会传得沸沸扬扬。这种事情一贯如此。"

"确实是。一贯如此。"

"还有尼科莱蒂斯夫人呢？我不清楚她会持怎样的态度，大家一向捉摸不透她。"

"查明真相倒是很有意思。"

"我们自然不能报警，除非她同意。唉，这是谁啊？"

传来一阵催促般的剧烈敲门声，几乎在哈伯德太太急忙应道"进来"之前又敲了一遍。门开了，科林·麦克纳布嘴里紧紧地叼着烟斗，一脸愁容地走进房间。

他拿开烟斗，关上身后的门，说道："恕我冒昧，我来这儿只是急着跟波洛先生说一句话。"

"和我？"波洛一脸茫然，惊讶地转过头来。

"对，和您。"科林冷冷地说。

他拉过一把相当不舒服的椅子，面朝波洛坐了上去。

"您今晚给我们做了个有趣的演讲。"他态度随便地说道，"我不否认您是位经验丰富、阅历颇深的人，但是恕我冒昧，您的方式和想法都已经过时了。"

"够了，科林。"哈伯德太太的脸色有了变化，她说道，"你真是太无礼了。"

"我没打算冒犯您，只是想要把事情搞清楚。罪与罚，波洛先生，您的视野仅限于此。"

"在我看来，一切都存在自然而然的因果关系。"波洛说。

"您只是从法律这个狭隘的视角去看，而且是最陈旧的法律。现如今，即使是法律也必须与时俱进，要跟得上导致犯罪的最新理论。重要的是动机，波洛先生。"

"提到这一点，"波洛大声说道，"用你们时髦的话说，我不能更赞同你了！"

"那么，您该想想在这所房子里所发生的事情的动机。您应该找出为什么会发生这些事情。"

"我仍然赞同你。是的，那是最重要的。"

"因为总会有个原因。而且对于参与的人来说，可能是个非常合理的原因。"

听到这里，哈伯德太太再也控制不住自己了，她突然插嘴道："垃圾。"

"这就是您不对的地方了，"科林慢慢把头转向她，说，"您是从心理背景来考虑的。"

"心理，真是胡言乱语，"哈伯德太太说，"我没有耐心听你的这套言论！"

"那是因为您对此一无所知。"科林严厉地指责道，把注意力转回到波洛身上，"我对这类主题很感兴趣。我当前正在学习精神病学和心理学的研究生课程。我们遇到过最错综复杂、令人震惊的案例。波洛先生，我想向您指明的是，您不能用原始罪恶的原理或随便忽视国家的法律来草率地对待罪犯。如果您想要挽救有过失的年轻人，您就要理解问题的根本。您不了解也没想过这些想法，我敢肯定，您会发现这有些难以接受——"

"偷就是偷。"哈伯德太太倔强地插嘴。

科林不耐烦地皱起眉头。

波洛温和地说："我的想法无疑是落伍了，但我准备洗耳恭听,麦克纳布先生。"

科林看上去又惊又喜。

"这么说来就公平了,波洛先生。现在我要试着用非常简单的语言为您解释清楚这件事。"

"谢谢。"波洛谦卑地说。

"方便起见,我要从您今晚拿来还给萨莉·芬奇的那双鞋说起。如果您还记得,是一只鞋被偷了,只有一只。"

"我还清晰地记得。"波洛说。

科林·麦克纳布身体前倾,他严肃英俊的外貌因为渴望而容光焕发。

"啊,但您并没有看到它的重要性。这是一桩任何人都希望碰到的、极其完美和令人满意的案例。这其中,可以非常肯定的是,存在一种灰姑娘情结[1]。您或许对《灰姑娘》这则童话故事比较熟悉吧。"

"它起源于法国[2],我当然熟悉。"

"灰姑娘坐在火炉旁,做着没有报酬的苦工。她的姐姐们穿着华丽的服饰赶赴王子的舞会。一个仙女把灰姑娘也送到了舞会上。当午夜钟声敲响时,她的一身盛装化为碎片。她仓皇逃走,只留下一只鞋。因此我猜想,有人把自己当成了灰姑娘,当然这是无意识的。从这里我体会到了挫折、嫉妒和自卑的感觉。这个姑娘偷了一只鞋,为什么呢?"

"一个姑娘?"

"显然是个姑娘,"科林厉声道,"连智商最低的人也能看出

---

[1] 灰姑娘情结(Cinderelar Compex):吃苦耐劳、默默承受、心地善良,唯一的希望就是遇见王子,从此一步登天。灰姑娘这种寻求庇护的被动心理,被心理学家称之为"灰姑娘情结"。

[2] 《灰姑娘》由法国作家夏尔·佩罗(Charles Perrault)创作于一六九七年。

来。"

"够了，科林！"哈伯德太太说。

"请继续。"波洛礼貌地说。

"很可能她自己也不知道为什么要这么做，但是她很清楚内心的渴望。她想成为公主，被王子认出来并带走。另一个值得注意的事实是，鞋子是从一个要去参加舞会的美丽女孩那儿偷走的。"

科林的烟斗早就熄灭了，他正热血沸腾地挥舞着它。

"那么现在我们要审视一下其他事件。一个家伙有收集漂亮东西的癖好，收集与魅力女性相关的所有东西。粉盒、口红、耳环、手镯、戒指，这具有双重意义，这个姑娘想要被人关注，甚至想被处罚。青少年犯罪的案子经常是这样。这些东西里没有哪一件能够算做普通的偷窃犯罪，她不是追求这些东西的价值。这就好像一个富有的女人走进百货商店去偷那些她能轻松支付得起的东西。"

"一派胡言。"哈伯德太太气愤地说，"一些人只是单纯的不诚实，仅此而已。"

"被偷的东西里还有像钻石戒指这种值钱的。"波洛无视哈伯德太太的话，说道。

"那个还回来了。"

"当然了，麦克纳布先生，你不会说听诊器也是女人喜爱的东西吧？"

"那个有更深层次的意义。意识到自身魅力不足的女人就会从追求职业发展上寻求升华。"

"那食谱呢？"

"是家庭生活、丈夫和家人的象征。"

"还有硼酸粉呢?"

科林急躁地说:"我亲爱的波洛先生,没人会偷什么硼酸粉!他们为什么要偷呢?"

"这也是我曾问过自己的问题。我必须承认,麦克纳布先生,你似乎得出了每件事的答案。那么请给我解释一下,一条旧法兰绒裤消失的意义何在?而且是你的法兰绒裤,据我所知。"

科林第一次显现出不安之情。他满脸通红,清了清嗓子。

"我可以解释这一点,但有点复杂。而且或许……呃,相当令人尴尬。"

"啊,你让我有点难堪。"

波洛突然身子前倾,轻轻地拍了拍这个年轻人的膝盖。

"墨水洒在一个学生的论文上,有人的丝巾被剪碎,这些事情没有让你感到不安吗?"

科林所表现出来的满足和优越感突然遭受打击,使得他的表情发生了不可思议的转变。

"确实让我不安。"他说,"相信我,我确实感到不安。非常不安。她应该得到治疗,立刻。但需要的是药物治疗,这是重点,不是警察能办到的事。她已经完全陷于困境。如果我——"

波洛打断了他。

"你知道她是谁吗?"

"嗯,我强烈怀疑一个人。"

波洛以概括的口吻喃喃自语道:"一个姑娘在与异性交往方面不那么成功,她是个羞涩的女孩,一个深情的女孩,一个脑子反应有点慢的女孩,一个感到失意和孤独的女孩,一个——"

这时传来一阵敲门声。波洛停住了。门又被敲响。

"进来。"哈伯德太太说。

门开了,西莉亚·奥斯汀走了进来。

"啊!"波洛点着头说,"真的是你。西莉亚·奥斯汀小姐。"

西莉亚用为难的眼神看着科林。

"我不知道你在这儿。"她气喘吁吁地说,"我来……我来是……"

她做了个深呼吸,冲到哈伯德太太跟前。

"请、请您不要报警。是我干的。我拿走了那些东西,我也不知道是为什么。我无法想象,我也不想这么干。只是……只是控制不住自己。"她转过身来看着科林,"现在你知道我是个什么样的人了……我想你再也不会和我说话了,我知道自己是个坏人……"

"啊!一点也不坏,"科林说。他那富有魅力的嗓音是那么温暖亲切。"你只是一时糊涂,仅此而已。你只是害了一种病,让你不能清晰地看待事物。如果你相信我,西莉亚,我可以使你很快恢复正常。"

"哦,科林……真的吗?"

西莉亚带着明显的爱慕之情看着他。

"我一直担心至极。"他以近乎慈父般的方式拉起她的手。"哦,现在再也没有必要担心了。"他站起身,让西莉亚的手挽着他的手臂,态度坚决地看着哈伯德太太。

"我希望从现在起,"他说,"再也别说报警之类的傻话了。没有任何真正值钱的东西被偷走,而且西莉亚会归还拿走的东西。"

"我没办法归还手镯和粉盒。"西莉亚忐忑不安地说,"我把它们扔进排水沟了。但是我会买新的。"

"还有听诊器呢?"波洛说,"你把它放哪儿了?"

西莉亚涨红了脸。

"我从来没拿过什么听诊器。我要个没用的旧听诊器干什么?"她的脸涨得更红了,"而且,我也没把墨水泼在伊丽莎白的论文上。我从来没做过……像那么恶毒的事。"

"但你剪碎了霍布豪斯小姐的丝巾,小姐。"

西莉亚看上去局促不安。她相当犹豫地说:"那不一样。我的意思是……瓦莱丽并不介意。"

"那帆布背包呢?"

"哦,我没有弄坏那个包,那是有人在发泄怒气。"

波洛拿出从哈伯德太太小本子上抄下来的清单。

"告诉我,"他说,"这次一定要说真话。在已经发生的这些事情里,哪些是你做的,哪些不是?"

西莉亚扫了一遍清单,马上做出了回答。

"背包,还有电灯泡、硼酸和浴盐的事我一无所知。另外,关于戒指只是个误会,我发现它非常值钱后就立刻还回去了。"

"我知道了。"

"因为我真的不是故意不诚实的,我只是……"

"只是什么?"

西莉亚眼中现出了微微的警觉。

"我不知道……我真不知道。我完全混乱了。"

科林强行插话进来。

"如果您不再盘问她,我会非常感激您的。我保证这样的事情不会再发生。从现在开始,我会百分之百对她负责。"

"哦,科林,你对我真好。"

"我想要你告诉我关于你的许多事,西莉亚。比如说你早年的家庭生活,你父母相处得好吗?"

"哦不,有些糟糕……在家里……"

"果真如此。还有——"

哈伯德太太打断了他,她以威严的声音说道:"就到这里吧,你们两个。我非常高兴,西莉亚,你能过来坦白承认。尽管你已经给我们造成了过多的担心和忧虑,你应该为此感到羞愧。但我也要说,我接受不是你故意把墨水洒在伊丽莎白论文上的说法,我相信你不会做那样的事。现在你走吧,你和科林。今晚我已经受够你们俩了。"

门在他们身后刚一关上,哈伯德太太就深深地吸了一口气。

"唉,"她说,"这件事您是怎么看的?"

赫尔克里·波洛的眼睛闪烁了一下。他说:"我想……我们促成了一出爱情戏,现代风格的。"

哈伯德太太立刻脱口而出表示不赞成。

"不同的时代,不同的风俗。"波洛喃喃地说,"在我年轻的时候,年轻人借给女孩子通神学的书或是讨论梅特林克的《青鸟》[①],统统都是情操和崇高的理想。当今却是与环境不相适应的生活,以及把男女关联在一起的各种情结。"

"真是胡闹。"哈伯德太太说。

波洛表示不同意。

"不,不全是胡闹。基本的原则无懈可击,但是科林那样认真的青年研究者,除了关心情结和受害者不幸福的家庭生活之外,他一概视而不见。"

"西莉亚的父亲在她四岁时去世了。"哈伯德太太说,"她和她和蔼却愚钝的母亲度过了非常愉快的童年。"

"啊,但她足够聪明,以至于没有对年轻的麦克纳布说这

[①] 《青鸟》(*The Blue Bird*) 是比利时剧作家莫里斯·梅特林克 (Maurice Maeterlinck, 1862–1949) 笔下的六幕梦幻剧。

些！她只说他想听的。她真是深陷爱河了。"

"您相信那些鬼话吗，波洛先生？"

"我不相信西莉亚有灰姑娘情结或是她偷了东西却不知道自己在做什么。我认为她冒着偷无关紧要的小东西的风险，是为了吸引那位认真的科林·麦克纳布的注意力。在这个目标上她已经成功了。如果她保持着可爱、害羞、普通女孩的形象，他可能永远不会关注到她。在我看来，"波洛说，"一个姑娘为了得到她喜欢的人，会尝试孤注一掷。"

"我觉得以她的头脑，不足以想出这样的方法。"哈伯德太太说。

波洛没有回答，他皱着眉头。哈伯德太太继续说："这么说，整起事件就是个骗局！实在是抱歉，波洛先生，让您的时间花费在这样的小事上了。无论如何，结果好一切都好。"

"不不。"波洛摇了摇头，"我认为还没有结束。我们排除掉了一些显而易见的、相当微不足道的手段。但仍有事情无法解释；而我……我感觉这里的问题有些严重。相当严重。"

"哦，波洛先生，您真的这么认为吗？"

"这只是我的感觉……我想知道，太太，我能和帕特丽夏·莱恩小姐谈谈吗？我想检查一下被偷的戒指。"

"为什么不可以呢，当然可以，波洛先生。我下楼去叫她上来见您，我正想找伦恩·贝特森说点事。"

帕特丽夏·莱恩没过多久就进来了，她的脸上充满疑惑。

"对不起打扰你了，莱恩小姐。"

"哦，没关系。我不太忙。哈伯德太太说您想看看我的戒指。"

她把戒指从手指上摘下来，递给他。

"这确实是一块很大的钻石，但无疑款式过时了。它是我妈妈的订婚戒指。"

波洛检查着这枚戒指,点了点头。

"她还健在吗,你的母亲?"

"不在了。我父母都去世了。"

"真令人难过。"

"是啊。他们人都非常好,我应该和他们更亲近一些的,但不知怎的,我和他们一直没那么亲近。他们去世之后我就后悔莫及了。我妈妈希望女儿苗条漂亮,穿戴讲究,喜欢社交。她知道我读了考古学之后非常失望。"

"你的性情总是这么严肃认真吗?"

"我想是的,确实。我觉得人生苦短,应该实实在在地做些值得做的事情。"

波洛若有所思地看着她。

他推测帕特丽夏·莱恩不过三十出头。除了草草地涂了口红以外,她几乎没有化妆。鼠灰色的头发被她随意地梳在背后,一对特别漂亮的蓝眼睛透过眼镜认真地看着对方。

毫无诱惑力,天哪,波洛带着同情暗自琢磨。看她穿的衣服!他们管这种叫什么来着?像倒着从篱笆里拖出来的一样?真的,这个表述太确切不过了!

波洛对她没什么好感。他还发现听着帕特丽夏用有教养却没有抑扬顿挫的语调说话真是乏味。这个女孩聪明、有修养,他继续暗自琢磨,唉,可年复一年她会变得越来越无趣!等她年老时——他的思维瞬间转移,想到了薇拉·罗萨科娃女伯爵[①]。异常

[①] 薇拉·罗萨科娃女伯爵,最早出现于阿加莎·克里斯蒂于一九二三年发表的短篇《双重线索》(*The Double Clue*),收录于短篇集《蒙面女人》(*Poirot's Early Cases*)中。之后在《四魔头》(*The Big Four*)中表明,薇拉女伯爵是波洛唯一倾心的女性。

美丽、光彩照人，即使已经年老色衰！可当今的姑娘们——

可能因为我老了，波洛继续暗自寻思，即使是这个优秀的女孩，也可能是某人眼中名副其实的维纳斯。但他还是怀疑这一点。

帕特丽夏说道："对于贝丝……约翰斯顿小姐身上发生的事，我真的非常震惊。在我看来是有人故意拿绿墨水那么做的，使之看起来像是奈杰尔所为。但我向您保证，波洛先生，奈杰尔根本不可能做那种事。"

"啊。"波洛更加饶有兴致地看着她。她涨红了脸，非常着急。

"奈杰尔这个人会让你感到难以捉摸。"她认真地说，"您知道吗，他童年时家庭生活很艰难。"

"天哪，又一个！"

"您说什么？"

"没什么。你是在说……"

"奈杰尔。他的处境很艰难。他有挑战各类权威的癖好。他非常聪明。绝对的才华横溢，但我必须承认，他有时的行为举止令人感到非常遗憾。他喜欢嘲笑别人，您知道，他过于蔑视其他人和事，以至于从不解释或保护自己。哪怕这里的每个人都认为他是墨水恶作剧的始作俑者，他也坚决不说一句他没做过这件事。他只会说'如果他们那么想，就让他们那么想吧'。这种态度真是无比愚蠢啊。"

"这样会被人误解，当然。"

"我觉得这是种孤傲的表现。他常常容易被人误解。"

"你认识他很多年了吗？"

"不，只是大约一年前才认识的。我们是在卢瓦尔河谷城堡①旅游观光时遇见的。那时他染上了流感，继而转成肺炎，是我在护理他。他非常虚弱，完全无法照顾自己。在某种程度上，无论他多么独立，都需要像小孩子一样被照顾。他的确需要有人照料。"

波洛叹了口气。他突然感觉对爱情非常厌倦……先是摇尾乞怜、目光中带着崇拜的西莉亚，然后是帕特丽夏，看起来像是热诚的圣母玛丽亚。爱情是无可厚非的。年轻人邂逅，接着出双入对。但他，波洛，幸运的是那些已成为过去。他站起身来。

"小姐，你可否允许我暂时保管你的戒指？明天我必定还给你。"

"当然可以呀，如果您愿意。"帕特丽夏相当吃惊地说。

"太感谢你了。同时，小姐你请多加小心。"

"小心？小心什么？"

"我也希望我能知道。"赫尔克里·波洛说。

他仍然忧心忡忡。

---

①卢瓦尔河（Loire River）是法国第一大河，河谷两岸遍布古镇和城堡，组成了卢瓦尔河谷城堡群。

第六章

第二天,哈伯德太太对待每一件事时都显得怒气冲冲。一觉醒来她才感觉如释重负,最近发生的事引发的难缠的疑惑终于一扫而空。一个傻姑娘要为愚蠢的现代时尚(这是哈伯德太太所无法容忍的)行为而负责。从现在起,秩序恢复井然。

哈伯德太太怀着惬意的心情下楼去吃早餐,却发现她刚刚获得的轻松感遭到了打击。学生们选择这个特别的早晨以各自的方式做着特别的事。

钱德拉·拉尔先生听说了伊丽莎白的论文遭到破坏后变得激动起来,正口若悬河地讲着。"压迫。"他气急败坏地说,"对土著民族的压迫。蔑视和歧视,种族歧视。这是个已经得到充分验证的例子。"

"钱德拉·拉尔先生,"哈伯德太太针锋相对,"你还是不要随便下那样的结论。没人知道是谁干的,以及为什么那样做。"

"哦,但是哈伯德太太,我认为西莉亚已经去找过您并且承认了。"吉恩·汤姆林森说,"我觉得她这么做好极了。我们都必须善待她。"

"你一定要这么让人恶心吗,吉恩?"瓦莱丽·霍布豪斯愤怒地要求道。

"我觉得你这么说非常不好。"

"承认。"奈杰尔颤抖了一下,说,"这是一个令人生厌的词语。"

"我没觉得不妥。牛津团契①就用过这种说法,而且——"

"拜托,看在上帝的分上,我们要把牛津团契当作早餐享用吗?"

"这都哪儿跟哪儿啊,妈?您是说西莉亚偷了那些东西吗?这就是她不下来吃早餐的原因吗?"

"拜托,我没明白。"阿基博姆博先生说。

没人理睬他。大家都急切地想表达自己的想法。

"可怜的孩子,"伦恩·贝特森接着说,"她是缺钱还是怎么的?"

"我算不上惊讶,你可知道。"萨莉慢悠悠地说,"我常常有种想法……"

"你们是说西莉亚把墨水泼在了我的论文上吗?"伊丽莎白·约翰斯顿露出难以置信的表情,"这太出人意料了,简直不敢相信。"

"西莉亚没往你的论文上泼墨水。"哈伯德太太说,"而且我希望大家都不要再讨论这件事了。我本打算稍后悄悄告诉你们的,但是……"

"但是吉恩昨晚在门外偷听来着。"瓦莱丽说。

"我没有偷听,我只是碰巧路过。"

"好了,贝丝,"奈杰尔说,"是谁泼的墨水你一清二楚。是我,可恶的奈杰尔,我用我的小绿瓶干的,是我泼的墨水。"

---

① 牛津团契(The Oxford Group):二十世纪二十年代瑞士裔美国人弗兰克·布克曼在牛津大学传教,创建了牛津团契。他认为所有问题的根本都可归结于个人的恐惧和自我,解决的方法是把他们的生活交给上帝来安排和控制。

"他没有。他只是故意那么说的。哦,奈杰尔,你怎么那么傻呢?"

"我多么高尚啊,我在保护你,帕特①。昨天早上谁管我借墨水了?是你啊。"

"拜托,我没听明白。"阿基博姆博先生说。

"你不需要懂,"萨莉告诉他,"如果我是你,我会躲得远远的。"

钱德拉·拉尔先生站了起来。

"你是问为什么是茅茅党②?是问埃及为什么怨恨苏伊士运河吗?"

"哦,见鬼!"奈杰尔把杯子摔在茶托上,激动地说,"先是牛津团契,现在又提起政治!居然在早餐桌上!我要走了。"

他把椅子猛地向后推了一把,离开了房间。

"外面风冷,穿上外套吧。"帕特丽夏跟在他后面跑了出去。

"啧啧啧,"瓦莱丽刻薄地说,"她很快就要长出羽毛,拍打着翅膀了。"

那个法国姑娘,吉纳维芙,英语还没达到能跟上大家快速交流的水平,正用心听雷内在她耳边嘶嘶地翻译。突然,她爆出一串法语,声音接近于尖叫。

*"怎么回事?是那个小东西偷了我的粉盒?啊,好啊,我要报警。我不能忍受这样的事情……"*③

科林·麦克纳布几次试图让别人听到自己说的话,但他那像领导一般低沉的声音和慢吞吞的语调完全淹没在各种高声调之

---

①帕特是帕特丽夏的昵称。
②茅茅党(Mau Mau Uprising),肯尼亚的叛乱(起义)者,也称"土地自由军"。二十世纪五十年代初,由于土地问题日益尖锐,爆发了茅茅运动。一九五〇年茅茅党被镇压。
③本书中有多处使用法语,为方便起见,均以仿宋字体处理。

中。于是他收起高傲的态度，重重地将拳头砸在桌子上，吓得众人缄默不语。橘子果酱罐从桌子上滑落，掉在地上摔碎了。

"你们能闭嘴吗？所有人都听我说。我从来没听过比这更粗鲁无知、冷酷无情的话了！难道你们没有一个人懂得哪怕一点点的心理学常识吗？那个女孩无可指摘，我告诉你们。她正在经历一场感情危机，她需要得到最大限度的同情和关爱，否则她的生活会变得极不稳定。我在警告你们。最大限度的关爱！这才是她所需要的。"

"但是毕竟，"吉恩用清晰的嗓音，一本正经地说，"尽管我非常同意宽容，但我们不应该原谅那样的行为，不是吗？我指的是，偷窃。"

"偷窃，"科林说，"那不是偷窃。唉！你让我感到恶心，你们所有人。"

"她是个有趣的女孩。不是吗，科林？"瓦莱丽边说边咧开嘴冲他笑着。

"如果你指的是思维方式有趣的话，没错。"

"当然了，她没偷走我什么东西。"吉恩又开始说了，"但我真的认为——"

"是的，她没拿走你任何东西。"科林对她怒目而视，说道，"如果你对事情的本质略有所知，你就不会那么得意扬扬了。"

"的确，我没明白——"

"哦，好了，吉恩，"伦恩·贝特森说，"我们就别再唠叨个没完了，我要迟到了，你也是。"

他们一起走了。"告诉西莉亚振作起来。"他回过头来又补充了一句。

"我要提出正式抗议。"钱德拉·拉尔先生说，"硼酸粉，我因学习导致眼睛严重发炎,非常需要这个,可是丢了。"

"你也要晚了,钱德拉·拉尔先生。"哈伯德太太坚定地说。

"我的教授经常不守时。"钱德拉·拉尔沮丧地说,不过还是朝门外走去,"而且,我一和他探求本质的问题,他就容易发火,真是不可理喻。"

"但她必须把粉盒还给我。"吉纳维芙说道。

"你必须说英语,吉纳维芙。如果你一激动就又说回法语了,你就永远学不好英语。还有,这周你参加了周日晚宴还没付钱呢。"

"啊,我刚才忘带钱包了。今晚。走吧,雷内,我们要迟到了。"

"拜托。"阿基博姆博先生带着恳求的表情说,"我没明白你们在说什么。"

"走吧,阿基博姆博,"萨莉说,"在去学院的路上我来告诉你吧。"

她冲哈伯德太太安慰性地点点头,然后带着一脸困惑的阿基博姆博离开了休息室。

"哦,天哪。"哈伯德太太深深地吸了一口气,说,"为什么我偏偏做了这份工作!"

瓦莱丽是唯一留下来的人,她友好地笑了笑。

"别担心,妈。"她说,"好在事情都过去了。每个人都神经紧张。"

"我不得不说,我感到非常惊讶。"

"惊讶于原来是西莉亚干的?"

"是的。难道你不惊讶吗?"

瓦莱丽非常心不在焉地说:"相当明显,真的,我本该想到的。"

"你一直这么想吗？"

"呃，有一两件事让我起疑。无论如何，她得到了她想得到的科林。"

"没错。我觉得她那样做是不对的。"

"你不能用枪逼着男人来捕获他的心。"瓦莱丽笑了，"但是盗窃癖这样的缺陷能不能取得成功呢？别担心，妈。另外，看在上帝的分上，让西莉亚把吉纳维芙的粉盒还给她吧，不然我们吃饭时不会有一丝安宁的。"

哈伯德太太叹了口气，说："奈杰尔打破了茶碟，橘子果酱罐也碎了。"

"一个糟糕的早晨，对吗？"瓦莱丽说。她走了出去，哈伯德太太听到她在走廊里兴高采烈的说话。

"早上好，西莉亚。没有危险了，一切将大白于天下，一切都会被宽恕，奉虔诚的吉恩之命。至于科林，为了维护你，他像一头狮子一样咆哮。"

西莉亚走进了餐厅，她的眼睛已经哭红了。

"哦，哈伯德太太。"

"你来得太晚了，西莉亚。咖啡凉了，而且没剩下多少吃的了。"

"我不想碰见其他人。"

"我猜得出来。但是你早晚得见他们。"

"哦，是的，我知道。但是我想……挨到今天晚上……会更容易些。当然我也不应该留在这儿了，这周末我就会离开。"

哈伯德太太皱起了眉头。

"我认为你完全不需要这样。可以预料到，会发生一点点不愉快，这也是正常的。不过他们都是宽宏大量的年轻人。当然，你也要尽可能地做好准备。"

西莉亚急切地打断了她。

"哦，是的，我把我的支票薄带来了，这是我想跟您说的。"她眼神朝下看了看，手里拿着本支票薄和一个信封，"我担心万一下来时您不在，还写了一封信，想表达自己有多愧疚。我想用支票来补偿，您可以和大家算一算损失。但是我的笔没有墨水了。"

"我们肯定要列个清单的。"

"我已经列好了，尽我所能。但我不知道是要买新的还是只是赔钱就好了。"

"容我仔细考虑一下，这个很难随口一说。"

"嗯。但让我先把支票交给您吧，这样我会感觉好一些。"

哈伯德太太本想强硬地说"真的吗？为什么我要让你感觉舒服一些呢"？但她转念一想，学生总是手头缺钱，这样一来整个事件就轻而易举地解决了。也能安抚吉纳维芙，不然她可能会去尼科莱蒂斯夫人那里捣乱（那边的麻烦事已经够多的了）。

"好吧。"她说，转眼看着物品清单，"很难随口说得清——"

西莉亚急切地说："您粗略地估算一下，我给您开张支票，跟大家核对后可以多退少补。"

"非常好。"哈伯德太太想了想，试探性地提了一个总数，打出了足够的富余量。西莉亚立刻同意了。她打开支票薄。

"哦，我的笔真讨厌。"她向学生们放置零碎东西的架子走去，"这里除了奈杰尔糟糕的绿墨水就没有其他墨水了。唉，我就用它吧。奈杰尔不会介意的。我得记着出去时买瓶新的昆克牌墨水。"

她往笔里灌满了墨水,回来开了一张支票。

她把支票给了哈伯德太太,又匆匆看了一眼自己的手表。

"我要迟到了,我最好不吃早餐了。"

"你最好吃点东西,西莉亚。尽管只剩一点面包和黄油了,空着肚子出去可没有好处。哦,什么事?"

那位意大利男仆杰罗尼莫走进了休息室,正比画着手势,他那像猴子一样干瘪的脸扭曲成滑稽可笑的怪相。

"是女主人,她刚刚来了,想要见您。"最后他又做了个手势,补充道,"她正疯得厉害。"

"我这就过去。"

哈伯德太太离开了休息室,同时西莉亚急匆匆地切下一片面包。

尼科莱蒂斯夫人在她的房间里来回走动,像极了快到喂食时间时动物园里的老虎。

"怎么回事?"她大声喊叫着,"我听说你派人去叫警察了?都没跟我打个招呼?你以为你是谁啊?我的天哪,你这个女人以为自己是谁啊?"

"我没有派人去叫警察。"

"你撒谎。"

"行了,尼科莱蒂斯夫人,你不能用这种语气对我说话。"

"哦不,我当然不应该!是我错了,不是你。永远是我不对。你做的每件事都天衣无缝。警察居然来到我这么体面的宿舍。"

"又不是第一次了。"哈伯德太太说,回想起各种各样不愉快的事,"有个西印度群岛来的学生想要靠不道德的收入维持生计,还有那个臭名昭著的年轻共产主义煽动分子以假名字住在这里。还有——"

"啊，你是在向我挑衅吗？他们来到这儿，对我说了谎，伪造证件，警察要求我协助侦破谋杀案，这难道是我的错吗？我已经深受其害，你还来责备我！"

"我没想那么做。我仅仅想指出，警察来这里也没什么新鲜的。我敢说，不同国家的学生混在一起，难免会出事。不过事实是，没人叫来了警察。是一位声望极高的私家侦探昨晚作为我的客人来赴晚宴，他给学生们就犯罪学做了个非常有趣的演讲。"

"就好像有谁需要给我们的学生做有关犯罪学的演讲似的！他们已经懂得够多的了。他们随心所欲地偷东西、毁坏东西、搞破坏！而你对这些没有采取任何措施——什么也没有！"

"我已经采取措施了。"

"是啊，你把我们的秘密都告诉了你的那位朋友。这严重辜负了我对你的信任。"

"根本不是这样的。我尽职尽责地管理着这个地方。而且，我要高兴地告诉你，事情现在水落石出了。有个学生承认了大多数事情是她所为。"

"肮脏的小猫。"尼科莱蒂斯夫人说，"把她赶到大街上去。"

"她自愿离开，并且已经做好了准备。"

"这样就行了吗？我美好的学生之家从此有了坏名声，没人愿意来了。"尼科莱蒂斯夫人坐在沙发上突然大哭起来，"没人考虑我的感受，"她啜泣着，"人们对待我的方式真是太糟糕了。不理不睬！总被人推到一边！如果我明天死了，谁会在意？"

哈伯德太太巧妙地避开了这个问题，离开了房间。

"愿万能的神让我忍耐住吧。"哈伯德太太自言自语，下楼去厨房见玛丽亚。

玛丽亚显得不太高兴，不愿配合，紧张得就像有人真的要叫警察一样。

"我总是被人指责,我和杰罗尼莫,两个可怜虫。在异国他乡你还指望什么公平?不行,我做不了你说的意大利调味饭,他们送来的米不合适,我还是给你做意大利细面条吧。"

"我们昨晚吃的就是意大利细面条。"

"没什么关系。在我们国家,每天都吃细面条——每一天都是。面食始终吃不腻。"

"没错,但你现在在英国。"

"那好,我做炖菜吧,英式炖法。你不会爱吃的,但我会把颜色做得惨白惨白的。把洋葱用大量的水煮熟而不是用油炒,碎骨头上粘着苍白的肉。"

玛丽亚说得太吓人了,以至于哈伯德太太觉得她在听人讲述一宗谋杀案。

"唉,做什么随你吧。"她生气地说,离开了厨房。

直到那天晚上六点钟,哈伯德太太才又一次打起精神来。她往所有学生的房间里放了字条,让他们晚餐前去找她。当学生们以各种方式聚集而来时,她解释说西莉亚让她安排一些事。她认为他们都很通情达理。甚至是吉纳维芙,在得知对她粉盒的慷慨估价后也变得和气起来,高高兴兴地说"不会有人往心里去的",又自作聪明地加了一句:"大家知道,危机时有发生。西莉亚有钱,她不需要偷东西。不,她有些神志不清。麦克纳布先生在这一点上是对的。"

晚餐铃响的时候,伦恩·贝特森把刚到楼下的哈伯德太太拉到一旁。

"我要在走廊里等西莉亚出来，"他说，"然后带她进来。这样她就能看到什么事都没有了。"

"你真是太好了，伦恩。"

"这没什么，妈。"

挑了个适当的时候，正当大家依次盛汤时，伦恩浑厚的声音从走廊里传来。

"一起进来吧，西莉亚。朋友们都在这儿呢。"

奈杰尔对着他的汤盆急躁地评论道："这是他今天做的第一件好事！"但当伦恩用粗壮的胳膊搂着西莉亚的肩膀走进来时，奈杰尔还是管住了自己的嘴巴，并朝西莉亚招手问候。

大家突然就多种多样的话题展开愉快的讨论，西莉亚被其中一两个话题吸引了。

不可避免的是，这种善意的表演最终总会陷入被疑云笼罩的沉默。阿基博姆博先生面带笑容地看向西莉亚，斜靠在桌子旁，说："他们已经对我解释了之前我不明白的事。你对偷东西真是太在行了，非常厉害。"

萨莉听了，气喘吁吁地说："阿基博姆博，你可害死我了。"她感到强烈的窒息，不得不去走廊换换气，这很自然地招来了一阵哄堂大笑。

科林·麦克纳布来晚了，他看上去有点沉默，甚至比平时更不爱交流。在晚餐接近尾声，其他人吃完之前，他有些难为情地站起来，支支吾吾地说："我要出去见个人。在这之前我想告诉你们一件事，西莉亚和我希望明年我完成学业之时就结婚。"

带着一脸窘相，他接受了朋友们的祝贺和嘲弄的嘘声。最后，他看起来十分羞怯地跑了出去。西莉亚倒不像他那样，她脸色绯红，显得沉着冷静。

"又少了一个好男人啊。"伦恩·贝特森叹了口气。

"我太高兴了,西莉亚,"帕特丽夏说,"我希望你会快乐。"

"现在花园里的万物都完美了。"奈杰尔说,"明天我要带回来一些基安蒂葡萄酒,为你们的健康干杯。为什么我们亲爱的吉恩表现得那么严肃?你不赞成婚姻吗,吉恩?"

"当然不是,奈杰尔。"

"我向来认为婚姻远比自由性爱好得多,你们不这么认为吗?对孩子更有好处,他们的护照会看起来更体面些。"

"但是不能太年轻就当了妈妈。"吉纳维芙说,"这个在生物课上讲过。"

"真是的,亲爱的。"奈杰尔说,"你是在暗示西莉亚还没到法定婚龄或其他什么的吗?她有人身自由,是白人,已经二十一岁了。"

"这句话可是相当具有冒犯性啊。"钱德拉·拉尔说。

"不不,钱德拉·拉尔先生。"帕特丽夏说,"这只是个习惯用语,没有什么别的含义。"

"我没明白。"阿基博姆博说,"既然是没有任何含义的话,为什么还要说呢?"

伊丽莎白·约翰斯顿突然稍微提高了一点音调说:"有的时候说是没什么含义,但实际上可能意味深长。不,我说的不是你说的那句美国习语,我在说其他的呢。"她的目光扫过桌子一圈,"我是说昨天发生的事。"

瓦莱丽尖刻地说:"发生了什么事,贝丝?"

"哦,拜托……"西莉亚说,"我认为……我真是这么想的,到了明天,一切就水落石出了。我真是这么想的。往你论文上泼墨水和帆布背包那件蠢事到底是谁干的。而且如果,如果那个人像我一样坦白,那么一切问题就都解决了。"

她认真地说着,脸红扑扑的,有一两个人好奇地看着她。

瓦莱丽咯咯地笑了一下,说:"自那以后,我们就都过得快快乐乐的了。"

接着他们上楼去了公共休息室。有几个人争着抢着给西莉亚端咖啡。之后有人打开了无线电收音机,一些学生出去赴约会或去工作了。最后,山核桃大街二十四和二十六号的居民们都上床睡觉了。

当哈伯德太太心满意足地爬上床时,她不由得回想起这漫长又疲倦的一天。

谢天谢地,她对自己说,现在一切都结束了。

第七章

　　莱蒙小姐几乎从不迟到,即使有也很少。大雾、暴风雨、流感或交通事故——似乎没有哪件事能影响到这个能力非凡的女人。但是今天早上,莱蒙小姐不是十点钟准时到的,而是十点过五分才到。来时她已经喘不过气来,她一再道歉,显得心烦意乱。

　　"太抱歉了,波洛先生……真的很抱歉。我刚准备出公寓时接到了我姐姐的电话。"

　　"啊,她的身体和精神都还好吧?"

　　"呃,坦率地说,不怎么好。"

　　波洛神情疑惑。

　　"事实上,她非常痛苦。一名学生自杀了。"

　　波洛盯着她,轻声嘀咕着什么。

　　"您说什么,波洛先生?"

　　"那个学生叫什么名字?"

　　"是一个叫西莉亚的女孩。"

　　"死因呢?"

　　"他们认为是服用了吗啡。"

　　"有可能是意外吗?"

　　"哦,不大可能。她好像留了张字条。"

波洛轻声说:"我预想的不是这样的。不,不是这样的……不过没错,我预料到会有什么事发生。"

他抬头看,发现莱蒙小姐正聚精会神地听着,并保持着铅笔放在笔记本上的姿势等着吩咐。他叹了口气,又摇摇头。

"我会把今天早上的信交给你,请把它们整理归档,并且尽你所能地回复吧。至于我嘛,我要去一趟山核桃大街。"

杰罗尼莫把波洛让了进去。认出他就是前两天晚上的那位贵客后,他马上变得十分健谈,并好像有什么阴谋似的对波洛窃窃私语。

"啊,先生是您啊,我们这儿遇到麻烦了。是个大麻烦。那个小姑娘,今天早上在她的床上死了。一开始来了位医生,他摇了摇头。现在又来了位警方的督察,他在楼上跟太太还有女主人在一起。可怜的家伙,她为什么要自杀呢?前一天晚上才订了婚,那么开心。"

"订婚?"

"是的、是的,同科林先生。您认识吧?大个子,皮肤黝黑,总是抽个烟斗。"

"我认识。"

杰罗尼莫打开公共休息室的门,还是一副神秘兮兮的样子,把波洛带了进去。

"您先待在这儿好吗?一会儿警察一走,我就告诉太太您在这儿。这样比较好,是吧?"

波洛说没有问题,杰罗尼莫就退下去了,剩下波洛自己。他没顾及什么礼节,用他那特殊的洞察力尽可能快地检查了一遍房间里属于每个学生的每一件东西,不过收获不多,学生们把大多数东西和论文都放在自己的卧室里了。

楼上,哈伯德太太和夏普督察面对面坐着,夏普督察正略带谦卑地问她问题。他是位身材高大、面目和善的男人,容易给人造成温文尔雅的假象。

"我知道对您来说这件事非常棘手和痛苦。"他安慰道,"但您看,就像科尔斯医生已经告诉您的,我们会进行验尸。恕我直言,我们必须如实地了解情况。您说过这个女孩近来有点痛苦和沮丧?"

"是的。"

"感情的事?"

"不全是。"哈伯德太太显得很犹豫。

"您最好告诉我,您知道的。"夏普督察劝道,"如我所说,我们要如实地掌握情况。一定有什么原因,或者是她认定的原因,让她结束了自己的生命吧?她有没有可能怀孕了?"

"根本不是那样的事情,夏普督察。我犹豫不决只是因为这孩子做了些很傻的事,我觉得没有必要公之于众。"

夏普督察咳嗽了两声。

"我们完全有能力自行判断,验尸官也是一位颇有经验的人。但我们必须了解情况。"

"是的,当然。我有点犯傻。事实是,一段时间以前,三个多月前,家里有东西不见了。都是些小东西,我的意思是……没什么很重要的东西。"

"您是说小玩意儿,衣服、尼龙袜一类的东西?丢了钱吗?"

"据我所知没丢钱。"

"啊,那么是这个女孩干的了?"

"正是。"

"你们抓住她的现形了吗?"

"没有正好抓住。前晚,一位……我的一位朋友过来吃饭,是赫尔克里·波洛先生,我不知道您是否听说过这个名字。"

夏普督察放下他的笔记本,抬起头来。他的眼睛睁得特别大,就好像他没听过这个名字。

"赫尔克里·波洛先生?"他说,"真的啊?这事现在可就有意思了。"

"晚饭后他给我们做了个简短的演讲,后来聊到偷东西这个话题,他当着所有人的面建议我报警。"

"他是这么说的吗?"

"然后,西莉亚就来到我的房间,做了坦白。她痛苦不堪。"

"没有涉及起诉的问题吗?"

"没有。她打算赔偿损失,而且在这件事上,每个人对她都很宽容。"

"她是不是缺钱?"

"不缺。她是圣凯瑟琳医院的药剂师,有充足的收入。我还知道她有些积蓄。她比我们这里的大多数学生要富裕得多。"

"这么说,她没必要偷东西,却偷了。"督察边说边记了下来。

"我猜这是一种偷窃癖。"哈伯德太太说。

"是有这种说法。我的意思是,一个人没必要偷东西,然而确确实实偷了。"

"我想您这么说对她有点不公平。您听我说,这里还涉及一个小伙子。"

"他把她告发了?"

"哦,不,恰恰相反。他言辞激烈地为她辩护,事实上,昨晚晚饭后,他宣布他们俩订婚了。"

夏普督察的眉毛挑得老高,露出一副惊讶的神情。

"然后她上床睡觉,服了吗啡?这太奇怪了,不是吗?"

"是啊,我也无法理解。"

哈伯德太太皱起眉头,一脸的困惑和苦恼。

"事实已经显而易见了。"夏普看着那张放在他们俩中间桌子上的小纸条,点了点头。

上面写道:

> 亲爱的哈伯德太太,我真的非常抱歉,这是我能做出的最合适的选择了。

"没有署名,您能确定是她的笔迹吗?"

"能确定。"

哈伯德太太的语气相当犹豫,她看了一眼那张撕下的纸片,马上皱起了眉头。她为什么有种强烈的感觉,觉得这其中出了什么问题?

"纸上面有一枚清晰的指纹,可以确定是她的。"督察说道,"吗啡在一个贴着圣凯瑟琳医院标签的小瓶里装着,而您告诉我她在那所医院里工作,是名药剂师。她可以接近放药的柜子,极有可能就是从那里拿到的。大概她昨天回家的时候就带着那玩意儿,并且已经有了自杀的念头。"

"我真的不敢相信。我总觉得哪里不对。她昨晚非常开心。"

"那我们假定她上床后有了一系列反应。也许有些过去的事情您不了解,也许她害怕被揭穿。您认为她深爱着一个小伙子,请问一下,他叫什么名字?"

"科林·麦克纳布,他在圣凯瑟琳医院攻读研究生课程。"

"一名医生?也在圣凯瑟琳医院?"

"西莉亚深爱着他,可以说比他对她更痴迷。他是个相当以自我为中心的年轻人。"

"那么,很有可能就是这么回事。她感觉自己在他心中并不重要,或者没告诉他应该告诉的话。她非常年轻,是不是?"

"二十三岁。"

"这个年龄段的人都太理想化,而且把爱情看得太重。没错,恐怕就是这样的。可怜啊。"他站起身,"我相信事实真相一定会调查清楚的,不过我们会尽可能做好保密工作。哈伯德太太,谢谢您,我已经掌握了目前所需的一切信息。她的母亲两年前去世了,据您所知,她唯一的亲戚是位年迈的姑妈,在约克郡,我们会联系她的。"

他把那张写有西莉亚的不安的小纸条拿了起来。

"好像哪里不对劲……"哈伯德太太突然说道。

"不对劲?是哪方面?"

"我不知道……但我觉得我应该知道。哦,天哪!"

"您非常肯定这是她的笔迹吗?"

"哦,我肯定。但不是这个方面。"哈伯德太太双手按压在眼睛上。"今天早晨我感觉自己极其愚笨。"她带着歉意说道。

"我知道您已经非常尽力了。"督察温和地说,语带同情,"就目前来看,我认为我们不会再麻烦您了,哈伯德太太。"

夏普督察一打开门,杰罗尼莫就直接撞了进来,他一直在外面紧挨着门。

"喂,"夏普督察开玩笑地说,"在门外偷听,嗯?"

"不,我没有。"杰罗尼莫一副义愤填膺的样子回答道,"我没偷听！绝对没有，绝对！我只是过来报信的。"

"我知道了。什么消息？"

杰罗尼莫快快地说："只不过是楼下有位先生要见哈伯德太太。"

"好吧。伙计，进去告诉她吧。"

督查和杰罗尼莫擦肩而过。他一直走到走廊尽头，然后学着那个意大利人的样子猛地一转身，踮着脚悄无声息地走了回来。他想弄清楚那个猴子脸的小个子是否跟他说了真话。

他回来时正巧听见杰罗尼莫说："前两天晚上过来赴晚宴的那位先生，就是留着小胡子的那位，他在楼下等着想要见您。"

"啊？什么？"哈伯德太太心不在焉地听着，"哦，谢谢你，杰罗尼莫。我一两分钟之后就下去。"

留小胡子的先生，嗯，夏普在心里对自己说，并咧嘴一笑，我敢打赌我知道是谁了。

他下楼，走进了公共休息室。

"哦，波洛先生，"他说，"距离我们上次见面已经过去很久了。"

波洛正跪着检查壁炉旁边的底板，他并没有显现出慌乱，马上站起身来。

"啊哈，"他说，"确实是啊，你是夏普督察，对吧？你之前不管这片儿的吧？"

"两年前交换过来的。还记得在克雷斯山发生的案件吗？[①]"

"嗯，是啊，那已经是很久以前的事了。你还是这么年轻啊，

[①] 夏普督察在阿加莎·克里斯蒂发表过的小说中没有出现过，此案无从查证。针对这一点，James Zemboy 在《阿加莎·克里斯蒂的侦探小说：读者指南》(The Detective Novels of Agatha Christie: A Reader's Guide) 一书的二百九十一页中提到，可能出自阿加莎的某部短篇小说。

督察。"

"老了、老了啊。"

"而我已经是个老头子了。唉！"波洛长叹一声。

"但仍然活力四射啊，波洛先生。在某些方面很活跃，是不是可以这样说？"

"这么说是什么意思呢？"

"我的意思是，想了解一下前两天晚上你来这里给学生们做犯罪学演讲的原因。"

波洛笑了。

"原因非常简单。这里的哈伯德太太是我那位极其重要的秘书莱蒙小姐的姐姐，因此，当她邀请我时——"

"当她邀请你来查一查这里发生的事时，你就过来了。事实就是这样的，不是吗？"

"你说得太对了。"

"但是为什么呢？我想知道的是原因。对你来讲，这其中有什么奥秘？"

"你的意思是，吸引我的东西？"

"正是如此。这里有个糊涂的孩子，四处偷东西，这种事情时有发生。对你，波洛先生来说，这只是件相当微不足道的事，不是吗？"

波洛摇了摇头。

"事情不像你想象的那么简单。"

"为什么？哪里复杂呢？"

波洛在椅子上坐下来。他略微皱着眉，弹了弹裤子膝盖上的灰。

"我希望我知道。"他仅仅说了这么一句。

夏普眉头紧锁。

"我不明白。"他说。

"没错,我也是一头雾水。偷走的东西……"波洛摇了摇头,"那些东西没有形成一个固定的模式,有点讲不通。就好比看到了一连串脚印,但这些脚印不是同一个人的。显而易见,除了被你称作'糊涂的孩子'留下的痕迹之外,还另有其人。发生的其他事件是为了模仿西莉亚·奥斯汀的行为模式,但没模仿好。这些行为表面上看毫无意义、漫无目的,但有证据表明是恶意为之的。然而西莉亚并没有恶意。"

"她有偷窃癖?"

"对此我深表怀疑。"

"那么只是普通的小偷小摸喽?"

"和你所说的也不是一码事。我跟你谈一下我的看法,所有这些小偷小摸的行为都是为了吸引一个小伙子。"

"科林·麦克纳布?"

"没错。她不顾一切地爱上了科林·麦克纳布,科林却从未注意过她。她把自己伪装成一个耐人寻味的年轻罪犯,而非漂亮可爱、温文尔雅的青春女孩。结果大获全胜。科林·麦克纳布立刻为之倾倒,用他们的话说,彻底地爱上她了。"

"那他一定是个十足的傻瓜。"

"不是。他是个聪明的心理学家。"

"哦!"夏普督察抱怨着,"是这么回事啊!现在我明白了。"他微微地咧嘴一笑,"很聪明的女孩啊。"

"聪明得出人意料。"

波洛沉思了一会儿,又说了一遍。"没错,聪明得出人意料。"

夏普督察一下子警觉起来。

"你这么说是什么意思,波洛先生?"

"我曾怀疑——现在我仍旧怀疑,会不会是有人给她出了这个主意?"

"出于什么呢?"

"这我哪里知道?利他主义?某个不可告人的动机?有人躲在暗处。"

"有可能给她出主意的人会是谁呢?你有什么想法吗?"

"没有。除非……但不会……"

"我还是对此毫无头绪。"夏普一副苦思冥想的样子,说,"如果她试着策划偷窃事件,并且成功了,那又为什么还要去自杀呢?"

"答案就是,她应该不是自杀的。"

两个人面面相觑。

波洛低声说:"你很确定她是自杀的吗?"

"再明显不过了,波洛先生。没理由相信其他的可能性,而且——"

门开了,哈伯德太太走了进来。她看上去既激动又得意,信心十足地扬着下巴。

"我明白啦。"她得意扬扬地说,"早上好,波洛先生。我明白了,夏普督察。我恍然大悟,为什么那张自杀留言纸条看起来不对劲,我的意思是,那不可能是西莉亚写的。"

"为什么不可能,哈伯德太太?"

"因为那是用普通的蓝黑墨水写的,而西莉亚把绿墨水——那边的那瓶墨水,灌进了她的钢笔里。"哈伯德太太朝架子那边点了点头,"昨天早上吃早餐的时候。"

夏普督察——心绪有些许变化的夏普督察——在听完哈伯德太太的叙述之后,又回到了他刚才所在的房间。

"非常正确。"他说,"我检查过了,那个女孩的房间里只有一支笔,放在她床边,里面是绿色的墨水。既然是绿墨水……"

哈伯德太太拿起几乎空了的墨水瓶。接着,她清楚简洁地说明了那天早餐时在桌旁发生的事。

"我能肯定,"最后她说,"那张纸条是从她昨天写好但我还没拆过的信上撕下来的。"

"她怎么处理那封信了,您还记得吗?"

哈伯德太太摇了摇头。

"我把她一个人留在这儿就去做家务了。我认为她一定把它放在这间屋子的某个地方,然后抛在脑后了。"

"后来有人发现了……打开信……有人……"

督查突然停住不说了。

"你明白这意味着什么吗?"过了一会儿他又说,"我一直对这张撕下来的纸耿耿于怀。她的房间里有一堆上课记笔记用的纸,随便拿一张来写自杀留言太自然不过了。这就意味着,有人发现可以借用她给您写的信的开头部分,来暗示一个完全不同的意思。来暗示自杀……"

他顿了一下,然后慢慢地说道:"这意味着……"

"谋杀。"赫尔克里·波洛说。

第八章

尽管波洛个人对下午茶不以为然，因为会影响他享用一天中最丰盛的晚餐，但他现在对此已经习以为常了。

神通广大的乔治在这个时候端上来一个大杯子、一壶相当浓郁的印度茶，还有热乎乎、涂满黄油的方形松脆饼、面包、果酱和一大块满是梅子的蛋糕。

所有这些都是为了款待夏普督察的，他正靠在椅子上，心满意足地品味着第三杯茶。

"你不介意我这样贸然前来吧，波洛先生？在学生回来之前我有一小时的空闲时间。我要审问他们每一个人，但坦率地讲，这可不是我期望做的事。你那天晚上见过他们中间的一部分人，我想知道你能否给我点有用的信息呢，只要是关于那些学生的就好。"

"你认为我对判断外国人很在行吗？我的朋友，他们中间没有比利时人。"

"没有比利——哦，我明白你的意思了！你是说因为你是比利时人，所以你和我一样，所有其他国家的人都是外国人。但也不完全对，不是吗？我的意思是，你大概比我更熟悉欧洲各地的人，虽然对印度人和西非人没太多了解。"

"最能帮上你忙的或许是哈伯德太太，她在那里已经有几个月了，并且和那些年轻人关系和睦。她对判断人性也很有一套。"

"是啊，她是个极其全面的女人，我正要仰仗她呢。我还要见见那个地方的女主人，她今天早上没在。据我所知，她拥有好几处这样的地方，还有几家学生俱乐部。但这个人似乎不怎么讨人喜欢。"

波洛有好一会儿没说话，后来他问道："你去了圣凯瑟琳医院？"

"是的。那位药剂师主任可帮了大忙，他听到这个消息之后非常震惊和痛苦。"

"他是怎么评价那个女孩的？"

"她在那儿只工作了一年多，很招人喜欢。他对她的描述是：反应相当迟钝，但是工作尽职尽责。"他顿了一下，接着补充道，"吗啡正是从那里拿走的。"

"是吗？这就有点耐人寻味了，而且让人相当不解。"

"拿走的是酒石酸吗啡，放在药房的毒药柜里，最上面一格，那里的药不经常取用。皮下注射片当然是最广泛使用的，现在看来盐酸吗啡比酒石酸吗啡更常用。药物好像和其他东西一样也有赶时髦的倾向，医生们连开个处方都趋之若鹜。当然他没说这些，是我自己想到的。柜子里最上面一格的有些药曾经很受欢迎，但这几年就无人问津了。"

"因此少了一个落满灰尘的小药瓶也不会马上有人注意到？"

"是这样的。库存每隔固定时间才进行盘点。那么长时间呢，没人记得哪个处方里开了酒石酸吗啡。除非有人需要，或者他们检查库存，否则少一瓶不会有人注意的。三名药剂师都有毒药柜和危险药品柜的钥匙。有需要的时候柜子就开着，忙的时候——事实上是每天、每几分钟都有人到柜子前面来。因此柜子不锁,一直到下班前都不上锁。"

"除了西莉亚,还有谁接近过柜子?"

"另外两名女药剂师,但她们与山核桃大街没有任何瓜葛。一个已经在那儿工作四年了,另一个几周前刚来,以前在德文郡的一家医院,信用记录良好。还有三名高级药剂师,都在圣凯瑟琳医院工作好多年了。这些人接近柜子是理所当然的。再有就是一名擦地板的老妇人,她上午九点到十点在那儿,如果姑娘们在门诊窗口忙碌或是给住院的病人拿药,她有可能会从柜子里抓出一瓶来。但她为这家医院工作了许多年,似乎不太可能这么做。提供备货药瓶的实验员看准了时机也能顺手牵羊,但这些可能性都几乎不存在。"

"外面的人进过药房吗?"

"非常多,以这样或那样的方式。比如他们去药剂师主任的办公室会路过药房,或者从大型药品批发店来的人要去生产部门也要经过那里。当然还有,某个药剂师偶尔有朋友来,这种事儿不常有,但确实发生过。"

"太好了。最近有谁去看过西莉亚·奥斯汀?"

夏普翻了翻他的笔记本。

"一个叫帕特丽夏·莱恩的姑娘上周二去过。她想让西莉亚在药房关门之后去电影院和她会面。"

"帕特丽夏·莱恩。"波洛若有所思地说。

"她只在那儿待了五分钟,并没有靠近毒药柜,只在门诊窗口旁边跟西莉亚还有另一个女孩说话。他们还记起有个黑皮肤的姑娘来过,大约两周前。据他们所说是一个非常高傲的姑娘。她对工作感兴趣,问了些相关问题,还做了笔记。英语说得很流利。"

"那一定是伊丽莎白·约翰斯顿。她表现出兴趣了,是吗?"

"那是福利诊所开门的一个下午。她对这类组织团体感兴趣,也为像小儿腹泻和皮肤感染这些病症询问了处方。"

波洛点了点头。

"还有其他人吗?"

"记不清其他人了。"

"医生去药房吗?"

夏普咧嘴一笑。

"经常去。因公事或私事都有。有时询问一下特殊的药方,或者看看有哪些库存。"

"去看有哪些库存?"

"是的,我想过这一点。有时他们会征求意见,问问刺激患者皮肤或是引起消化不良的制剂有没有替代品。有时医生只是来闲逛聊天,在闲暇之时。许多年轻小伙子宿醉之后过来要点万吉宁[①]或阿司匹林。照我看,他们是一有机会就来找某个姑娘说上一两句调情的话。狗改不了吃屎,这种情况你是了解的,真是不可救药。"

波洛说:"如果我记得没错的话,山核桃大街还有一个或几个学生与圣凯瑟琳医院有关。一个大个子的红头发小伙子,贝茨……贝特曼……"

"莱纳德·贝特森,是这个名字。科林·麦克纳布在那边读研究生课程。还有一个叫吉恩·汤姆林森的女孩,在理疗室工作。"

"这么说,所有这些人都有可能经常去药房了?"

[①]用于缓解轻微至中度疼痛的药,成分包含扑热息痛、磷酸可待因和咖啡因。

"没错。而更糟糕的是,没人记得何时去过,因为他们对此习以为常了,仅仅认识对方。吉恩·汤姆林森借着去找那个担任高级药剂师的朋友为由——"

"不那么容易吧。"波洛说。

"我也觉得不容易呢!你看,任何一名员工都可以打开毒药柜瞧瞧,说:'究竟为什么有这么多的亚砷酸钾溶液?'或者类似'现如今已经没什么人用这个了'的话。没人能够回想起来或是记住这类事。"

夏普顿了一下,接着说:"我们的前提是假设有人给西莉亚·奥斯汀下了吗啡,后来把吗啡瓶和撕下的信纸碎片放在她的房间里,造成自杀的假象。但是为什么要这样做,波洛先生,为什么?"

波洛摇了摇头。夏普继续说:"今天早上你暗示有人给西莉亚·奥斯汀出了偷窃的主意。"

波洛不自在地动了动。

"那仅仅是我的一个模糊的想法。我只是有点怀疑她是不是够聪明,能自己想出这个点子。"

"那么会是谁呢?"

"据我所知,只有三个学生有能力想出这样的主意。莱纳德·贝特森具备必需的知识,他知道科林对'不良适应性格'的热情。他可能多少像开玩笑似的给西莉亚提过这样的建议,并教她怎么做。可我实在想不出他为什么月复一月地怂恿,除非有什么不可告人的动机,或者他是一个与平时表现完全不同的人。这一点必须纳入考虑范围。奈杰尔·查普曼的性情有点像小孩,有些异常,他会认为这是件好玩的事,我估计他没考虑过会有什么后果。他是那种已成年的'坏孩子'。我想到的第三个人是名叫瓦莱丽·霍布豪斯的年轻姑娘。她头脑聪明，观点和接受的教育都很现代，或许学过的心理学，足以判断科林可能出现的反应。如果她喜欢西莉亚，就会认为愚弄一下科林是个合理的玩笑。"

"莱纳德·贝特森、奈杰尔·查普曼、瓦莱丽·霍布豪斯。"夏普边说边记下这几个名字，"谢谢给我的指点，我审问他们时会记得的。那些印度人呢？他们中有一个是学医的学生。"

"他满脑子充斥着政治和被害妄想症。"波洛说，"我觉得他对于建议西莉亚·奥斯汀偷东西不太感兴趣，而且我认为，即使他提这样的建议她也不会听。"

"你所能提供给我的帮助就是这些了吗，波洛先生？"夏普说着站起身，扣上了笔记本的按扣。

"恐怕就这些了。但是就我个人而言，我对这起案子很感兴趣。你该不反对吧，我的朋友？"

"一点都不反对。我为什么要反对呢？"

"我会尽可能用我那业余的方法去调查。对我来讲，我认为只能采取一种方式。"

"是什么呢？"

波洛叹了口气。

"是交谈，我的朋友。反复不断地交谈！我见过的所有凶手都喜欢聊天。在我看来，沉默寡言的人很少犯罪，即使犯罪也是简单残暴的，非常显而易见的。但我们聪明狡猾的凶手是那么的自以为是，早晚会说些不走运的话，露出马脚。跟这些人讲话，我的朋友，不要把自己局限于简单的审问，鼓励他们表达观点，寻求他们的帮助，询问他们的直觉。不过，天哪！我没必要班门弄斧，我记得你可是能力非凡。"

夏普微微一笑。

"是啊，"他说，"我也经常发现，嗯……表现得和蔼可亲，有很大的帮助。"

两个人不约而同地相视一笑。夏普起身要告辞。

"我假设他们中的每一个人都有可能是凶手。"他慢条斯理地说。

"我也这么以为。"波洛若无其事地说道，"比如说莱纳德·贝特森，他脾气暴躁，很可能失去控制。瓦莱丽·霍布豪斯头脑过人，能够想出巧妙的计划。奈杰尔·查普曼有点孩子气，做事缺乏分寸。那个法国女孩，如果给她足够的钱，她就可能会去杀人。帕特丽夏·莱恩具备母性特质，而母性往往是冷酷无情的。那个美国女孩萨莉·芬奇倒是活泼开朗，但她比大多数人更会演戏。吉恩·汤姆林森温文尔雅，充满了正义感，但我们都知道，也有满怀虔诚地去主日学校①的凶手。西印度群岛来的女孩伊丽莎白·约翰斯顿也许是宿舍里最有头脑的人，她的感情生活受制于自己的理智，这很危险。有个有魅力的非洲年轻人可能有我们根本猜不到的杀人动机。还有科林·麦克纳布，这个心理学者。有多少心理学家本身就应该有人对他们说'医生，你还是医治你自己吧'！②"

"我的天哪，波洛，你把我说得头昏脑涨！就没有人与谋杀无关吗？"

"我也时常想问这个问题呢。"波洛说。

---

①主日学校：英国在星期日为贫民开办的初等教育机构。
②引自《圣经·路加福音》第四章第二十三节。

第九章

　　夏普督察一声叹息，向后靠在椅子上，用手帕擦了擦额头。他已经见过了一个义愤填膺、眼泪汪汪的法国女孩；一个目中无人、不愿合作的法国年轻人；一个麻木冷漠、疑神疑鬼的丹麦人；以及一个口若悬河、咄咄逼人的埃及人。他和两个紧张的土耳其年轻学生简单交换了几点看法，这两个学生并没有真正听懂他在说什么。还有个年轻妩媚的伊拉克人也一样。他很肯定，这些人里面没有一个与西莉亚的死有任何关联，或者能在哪方面帮得上忙。他说了几句安慰的话，就把他们一个接一个地打发走了。现在，他准备用同样的方式应对阿基博姆博先生。

　　这位来自西非的年轻人微笑地看着他，露出洁白的牙齿，眨着一双相当天真烂漫、却显现出悲伤的眼睛。

　　"我想要帮些忙，真的。请允许我。"他说，"她对我很好，这位西莉亚小姐。她曾给过我一盒爱丁堡棒糖，非常不错的糖果，是我以前没见过的。她被人杀死了，真是令人难过。也许是家族世仇？也可能是她父亲或者叔叔过来杀了她，因为他们听信谗言，误以为她做错了事。"

　　夏普督察向他保证，他的这些猜测都绝无可能。这个年轻人伤心地摇了摇头。

　　"我不知道为什么会发生这种事。"他说，"我不明白为什么有人要加害于她。但是请给我她的几缕头发和剪下的指甲。"他继续说道,"我想试试用古老的方法能否查明真相。不太科学,也不够现代,不过在我的家乡,应用非常普遍。"

"嗯,谢谢你,阿基博姆博先生,不过我觉得不需要。我们……呃……我们的工作方式跟那边不一样。"

"是的,先生,我非常理解。不太时髦,不是原子时代的做法。现在的年轻警官不会这么做了,只有从丛林中来的老警察会这么做。我相信新办法都很厉害,一定会取得圆满成功。"阿基博姆博先生礼貌地鞠了一躬,然后自行退出去了。

夏普督察喃喃自语道:"真心希望我们能成功地解决案子,只为了保住声誉。"

他下一个要见的是奈杰尔·查普曼,这个人喜欢把话语权掌握在自己手上。

"这绝对是一起离奇事件,不是吗?"他说,"当心,我的想法是,如果您坚持认为是自杀,那就搞错方向了。我必须要说,想到整个事情的关键之处我感到很庆幸,真的,那就是她往钢笔里灌的是我的绿墨水。正是这一点,凶手不可能预料到。我猜您找我们例行谈话是为了找出可能的犯罪动机?"

"是我在问问题,查普曼先生。"夏普督察冷冷地说。

"哦,当然,当然。"奈杰尔摆了摆手,得意地说,"我正在设法找到解决问题的一点点捷径,仅此而已。但我发现我们像平常一样陷入繁文缛节里了。姓名,奈杰尔。年龄,二十五岁。出生地,我没记错的话,是在长崎①,一个似乎再可笑不过的地方。我无法想象那时我父母在那边做什么,我猜是在环球旅行。不过

---

①长崎:日本的港口城市。

我知道自己并不会因此就成了日本人。我正在伦敦大学攻读青铜器时代和中世纪史的学位。您还有什么其他想问的吗？"

"你的家庭住址在哪里，查普曼先生？"

"没有家庭住址，尊敬的警官。我有父亲，但我们俩争吵不断，因此他的住址已经不再属于我了。到山核桃大街二十六号或库茨银行利德贺街支行随时都可以找到我，就像哪位曾说过的，旅途中认识的人，你绝不希望再见到。"

面对奈杰尔无礼的态度，夏普督察没有作出回应。他以前也见过奈杰尔这样的人，并敏锐地察觉到，奈杰尔的无礼是在掩饰被人询问与谋杀案相关的事宜时自然产生的紧张情绪。

"你对西莉亚·奥斯汀了解多少？"他问道。

"这个问题真的相当难回答。我几乎每天都会和她见面，从这个意义上说，我对她非常了解，而且与她相谈甚欢。但是实际上我根本不了解她。当然，如果你想问我们有什么关系的话，我对她毫无兴趣，我觉得她可能对我也不以为意。"

"她对你不以为意，是有什么特殊的原因吗？"

"哦，她不太喜欢我的幽默感。当然，我不是科林·麦克纳布那种压抑、粗鲁的年轻人。那种粗野真是吸引女人的绝佳技巧。"

"你最后一次见到西莉亚·奥斯汀是什么时候？"

"在昨晚吃饭时。我们都给予了她很大的鼓励，你知道的。科林站起来支支吾吾的，最终还是扭扭捏捏地承认他们订婚了。后来我们调侃了他一番，就是这样了。"

"是在晚餐上还是在公共休息室里？"

"哦，在晚餐上。后来，当我们去公共休息室时，科林出去到别处了。"

"那么,你们其余的人就在公共休息室里喝咖啡喽。"

"如果您管他们端上来的液体叫咖啡的话。是的。"奈杰尔说。

"西莉亚·奥斯汀喝咖啡了吗?"

"哦,我猜喝了。我的意思是,事实上我并没有注意到她有没有喝咖啡,但她一定喝掉了。"

"你有没有亲自把咖啡递给她?"

"这样的含沙射影真是太恐怖了!您这么说的时候还用那种探询的目光打量我,您知道吗,我感觉您很确定是我递给了西莉亚咖啡,并往里面放了士的宁①或者其他什么东西。我想这是催眠暗示,但实际上,夏普先生,我并没有接近她。而且坦率地讲,我甚至没注意她喝没喝咖啡。不管您是否相信我,我敢向您保证,我自己从没对西莉亚有过任何好感,她和科林·麦克纳布宣布订婚不会唤起我谋杀复仇的念头。"

"我并没有影射此类事情,查普曼先生。"夏普温和地说,"除非我大错特错,否则这里不涉及特殊的爱情。但是,为什么会有人想把西莉亚铲除掉呢?"

"我没有办法轻而易举地猜出原因,督察。这真是太令人迷惑不解了,因为西莉亚确实是个再无辜不过的女孩,如果您明白我的意思。反应迟钝、索然无趣,但她是个十足的好人。而且我可以这么说,她绝对不是那种会给自己招来杀身之祸的女孩。"

"当你发现这个地方有各种各样的东西不翼而飞,而偷东西的竟是西莉亚·奥斯汀时,你感到惊讶吗?"

"老兄,这太令我惊讶了!十分反常,我是这么觉得的。"

"我想……你应该没有提议让她做这些事吧?"

---

①士的宁:一种从植物番木鳖或云南马钱子种子中提取的主要生物碱。属于中枢神经系统兴奋剂,有毒。

奈杰尔那诧异的表情看起来绝对不是装的。

"我？我建议她这么做？我为什么要这样？"

"嗯，这也确实是我想问的。你不会这么做吗？有些人具有奇特的幽默感。"

"哦，我可能有点愚钝，但我真没看出来发生的这些愚蠢的偷窃事件有什么幽默之处。"

"不是你开玩笑出的主意？"

"我从没觉得这种事有趣。当然，督察，偷那些东西纯粹是心理问题导致的吧？"

"你百分之百认为西莉亚·奥斯汀是个有偷窃癖的人？"

"无疑没有其他解释了吧，督察？"

"也许你对偷窃癖的了解不如我多，查普曼先生。"

"哦，我真是想不出能有什么其他的理由。"

"你不认为有人让奥斯汀小姐这么做是一种手段，可以说是……使麦克纳布先生对她产生兴趣的手段吗？"

奈杰尔眼睛一闪，表达赞赏的同时又有点不怀好意。

"这可真是最有趣的解释，警官。"他说，"跟您说，我觉得这完全有可能，而且老科林肯定会上钩，连鱼线、鱼钩和铅锤一并吞下。"奈杰尔很起劲地品味了一两秒钟，然后难过地摇了摇头。

"但是西莉亚不会玩这种把戏的。"他说，"她对他可是一片痴心。"

"查普曼先生，对于这所宅子里发生的事，你没有自己的想法吗？比如说，往约翰斯顿的论文上泼洒墨水这件事？"

"如果您认为是我干的，夏普督察，那就大错特错了。当然，看起来像是我，因为那绿色的墨水。但如果您问我，我会说那只是有人怨恨我。"

"怨恨？"

"用我的墨水。有人故意用了我的墨水，造成是我干的的假象。这里存在着太多的怨恨，督察。"

督察目光犀利地看着他。

"你说'太多的怨恨'到底是什么意思？"

但奈杰尔立刻收住了话头，态度变得不置可否。

"真的没什么意思，只是……当许多人住在一起时，他们的度量就会变得相当狭小。"

下一个在夏普督察名单里的是莱纳德·贝特森。尽管伦恩①·贝特森表现出来的方式有所不同，但他甚至比奈杰尔还要悠闲自得。他有点半信半疑，而且言辞粗鲁。

"好吧！"在第一轮问话结束之后他突然大喊道，"是我倒的咖啡，并端给西莉亚的。那又怎样？"

"是你给她的餐后咖啡。你是这个意思吗，贝特森先生？"

"没错。至少是我把咖啡从壶里倒进杯子，然后放在她旁边的。不管您相信与否，我都没有往里面放吗啡。"

"你看见她喝了吗？"

"没有，我并没有真正看到她喝下去。我们都走来走去的，就在那之后，我与人发生了争执。我没注意到她是什么时候喝的。她身边有别人在。"

"了解了。事实上，你是说，有可能是别人往她的咖啡杯里放入了吗啡？"

"您试试往哪个人的杯子里放点东西进去！人人都看得到。"

---

① 伦恩是莱纳德的昵称。

"没必要这么激动。"夏普说。

伦恩突然爆发起来,咄咄逼人地喊道:"您究竟为什么认为我要给那个孩子下毒?我与她毫无瓜葛。"

"我没说你想给她下毒。"

"她是自己服毒的。她一定是自己喝下去的。没有其他的解释了。"

"可能我们也这样认为,假如没有那张假的自杀留言。"

"那是假的?明明是她自己写的,不是吗?"

"那是她写的一封信的一部分,是那天早晨早些时候写的。"

"哦,也可能她撕了下来,当作自杀留言。"

"得了吧,贝特森先生。如果你想写自杀留言,会直接写一个吧。你不会拿一封给别人写好的信,再小心翼翼地撕下一段特定的话。"

"我可能会那么干。任何有趣的事都有人做。"

"那样的话,剩下的信去哪儿了呢?"

"我怎么知道?!那是您的事,不是我的。"

"我正在做我的事。你正好提醒了我,贝特森先生,老实回答我的问题。"

"哦,您想知道什么?我没杀那个女孩,我也没有杀她的动机。"

"你喜欢她吗?"

伦恩不那么蛮横了,他说:"我非常喜欢她。她是个不错的孩子。有点沉默寡言,不过人挺好。"

"当她承认犯下那些前一段时间让大家惶惶不安的偷窃案件时,你相信了吗?"

"嗯,我当然相信她,因为她是那么说的。但我必须要说,这事看起来有点古怪。"

"你认为不像她做得出的事?"

"嗯,不像。完全不像。"

此时莱纳德的蛮横态度彻底收敛了,也不再处于防备状态,他的思绪显然被什么问题缠住了。

"她不像是有偷窃癖那种类型的,如果你懂我的意思。"他说,"也不是贼。"

"你也想不出她做那些事有任何别的理由吗?"

"别的理由?能有什么其他理由?"

"呃,也许她想要引起科林·麦克纳布先生的兴趣。"

"这可有点牵强,不是吗?"

"但的确引起了他的兴趣。"

"是啊,当然会的。老科林对每种心理异常都绝对痴迷。"

"好吧,那么,如果西莉亚·奥斯汀了解到……"

伦恩摇着头。

"这您就错了。她可没本事想出那样的主意。我是说那种计划。她没有心理学知识。"

"但是你有,不是吗?"

"您什么意思?"

"我的意思是,除了纯粹的善意提示,你也许还给了她一些类似的建议。"

伦恩短促地笑了一声。

"想想我能做那么愚蠢的事吗?您疯了吧。"

警官改变了问话的方向。

"有人往伊丽莎白·约翰斯顿的论文上泼了墨水,你认为是西莉亚·奥斯汀,还是别人干的?"

"别人干的。西莉亚说了她没干,我就相信她。贝丝从没惹怒过西莉亚,不像其他某些人。"

"谁被贝丝惹怒过?因为什么?"

"她斥责过别人,您要知道。"伦恩说到这儿,想了一两秒钟,"有人说话不计后果。她会看着桌子对面,以她那一如既往的方式说:'恐怕事实并不能证明,据统计已经足以确定……'诸如此类的话。呃,这是在斥责,您要知道,尤其针对说话向来不计后果的人,比如奈杰尔·查普曼。"

"啊,是哦。奈杰尔·查普曼。"

"而且还是绿色墨水。"

"这么说,你认为是奈杰尔干的?"

"呃,至少有可能。他是个有点容易怀恨在心的家伙,您知道,而且我认为他也许有一点种族情绪。大概是我们之间唯一这样的。"

"你还能回想起有谁被约翰斯顿小姐那喜欢纠正别人的行为惹恼过吗?"

"嗯,科林·麦克纳布时不时地对她不太满意,还有那么一两次,她惹得吉恩·汤姆林森发火了。"

夏普又随便问了几个问题,不过伦恩·贝特森都帮不上什么忙。接下来夏普该见瓦莱丽·霍布豪斯了。

瓦莱丽沉着冷静、举止优雅、略显警觉。她表现的远没有先前问过话的两个男人那么紧张。她说她喜欢西莉亚。西莉亚的头脑不太灵光,而且向科林·麦克纳布表达倾心的方式相当可怜。

"你觉得她是个有偷窃癖的人吗,霍布豪斯小姐?"

"哦,我想是吧。我对这方面真的了解不多。"

"你认为是否有人为她的所作所为出谋划策?"

瓦莱丽耸了耸肩。

"你是说为了吸引那个自命不凡的蠢科林?"

"在这点上你的反应很快,霍布豪斯小姐。没错,我就是这个意思。我猜不是你建议她这么做的吧?"

瓦莱丽看起来被逗乐了。

"哦,尊敬的先生,我可不希望我格外喜欢的一条丝巾被剪成碎条。我没那么大公无私。"

"你觉得其他人有谁会建议她那么做?"

"对此我不敢苟同。就她而言,大概是自然而然想出来的吧。"

"你说的自然怎么讲?"

"哦,起初是萨莉的鞋丢了,惹得大家慌乱起来,当时我就怀疑西莉亚了。西莉亚妒忌萨莉。我说的是萨莉·芬奇。她无疑是这里最具魅力的姑娘,科林把相当多的注意力集中在她身上。而在萨莉要去聚会的当晚,鞋子不翼而飞了,她就不得不穿着旧的黑裙子和黑鞋去参加。当时,西莉亚自鸣得意的样子就像一只小猫偷偷吞下了一块奶油一样。请注意,我并没有怀疑手镯和粉盒那些小偷小摸的事也是她干的。"

"你认为那些是谁干的呢?"

瓦莱丽耸了耸肩膀。

"哦,我不知道。女清洁工之一,我想是。"

"还有割碎的背包呢?"

"有个割碎的背包吗?我都忘了。这个貌似无关紧要。"

"你来这里挺长时间了吧,霍布豪斯小姐?"

"哦,是的,我想我可能是住得最久的住户了。也就是说,我来这儿到现在已经两年半了。"

"这么说,你应该比其他任何人都更了解这家宿舍了?"

"可以说是这样的,没错。"

"关于西莉亚的死,你有什么自己的见解吗?比如对于隐藏在背后的动机?"

瓦莱丽摇了摇头,瞬间变得一脸严肃。

"没有。"她说,"发生这样的事真是太可怕了。我无法想象有人想让西莉亚死掉。她是个讨人喜欢、没有坏心眼的孩子。而且她刚刚订了婚,另外……"

"是啊。另外?"警官鼓励她继续说。

"我想知道这是为什么,"瓦莱丽慢慢地说,"因为她订了婚,因为她就要幸福快乐了,这是不是意味着……怎么说呢,有人……呃……气得发疯?"

她颤抖着说出这句话,夏普督察若有所思地看着她。

"是的。"他说,"我们没办法完全排除发疯的可能性。"他继续说道,"关于对伊丽莎白论文的破坏,你有什么看法吗?"

"没有,那也属于恶意报复的行为。我一点儿也不相信西莉亚会做那种事。"

"可能是谁干的,你有想法吗?"

"嗯……还没有比较合理的想法。"

"那有不合理的吗?"

"督察您不想听些只是基于直觉的意见,对吧?"

"我非常想听听你的直觉。我会洗耳恭听的,而且只是我们两个人私下交谈。"

"哦,我想的可能完全错了。但我有种预感,那是帕特丽夏·莱恩干的。"

"真的?!现在你让我大吃一惊了,霍布豪斯小姐。我怎么也想不到是帕特丽夏·莱恩。她似乎是个十分通情达理、和蔼可亲的年轻小姐啊。"

"我没说一定是她干的。我只是有种预感,可能是她干的。"

"有什么特别的原因吗?"

"哦,帕特丽夏不喜欢黑贝丝。黑贝丝总是指责并纠正奈杰尔的不是,而他是帕特丽夏心爱的人,您知道的,他有时会以特有的方式说些愚蠢的话。"

"你觉得帕特丽夏·莱恩比奈杰尔更有嫌疑?"

"哦,是的。我觉得奈杰尔不会恼羞成怒,当然,他也不会用他自己偏爱的墨水。他很有头脑。但是帕特丽夏一想到他珍爱的奈杰尔作为嫌疑人牵涉其中,就容易不假思索地做些蠢事。"

"还有,有没有可能有人想陷害奈杰尔·查普曼,伪造成是他干的样子?"

"没错,也有这种可能。"

"谁讨厌奈杰尔·查普曼?"

"哦,这个……吉恩·汤姆林森算一个。还有,奈杰尔和伦恩·贝特森总吵架。"

"霍布豪斯小姐,西莉亚·奥斯汀是怎样服下吗啡的,你有什么想法吗?"

"我思考再三,觉得放进咖啡里是最明显的方法了。当时我们都在公共休息室里走来走去,西莉亚的咖啡就放在她旁边的小桌上,而她总是等到咖啡凉凉了才喝。我想是某个胆子颇大的人趁没人看见,往她的杯子里扔了个药片或什么。但是这样做要冒相当大的风险。我的意思是,这类做法特别容易被人注意到。"

"吗啡。"夏普督察说,"不是片状的。"

"那是什么样的?粉末?"

"是的。"

瓦莱丽眉头一皱。

"那样的话就更难了，不是吗？"

"除了咖啡，你还能想起什么吗？"

"她有时睡前会喝一杯热牛奶。虽然我认为她那晚没喝。"

"你能准确地向我描述一下当晚在公共休息室里发生的事吗？"

"哦，如我所说，我们都坐着，无所事事，有人把收音机打开了。我记得大多数小伙子都出去了。西莉亚相当早就去睡了，吉恩·汤姆林森也是。萨莉和我在那里坐到很晚。我在写信，而萨莉在记笔记，我清楚地记得我是最后一个去睡觉的。"

"实际上，那晚就和普通的晚上一样吗？"

"完全一样，督察。"

"谢谢你，霍布豪斯小姐。现在能帮我把莱恩小姐叫过来吗？"

帕特丽夏·莱恩神情焦虑，但不太慌乱。一问一答并没有什么新鲜的。夏普问起毁坏伊丽莎白·约翰斯顿论文的事，帕特丽夏说她毫不怀疑那是西莉亚干的。

"但是她否认了，莱恩小姐，她竭力否认了。"

"哦，当然了。"帕特丽夏说，"她会否认。我觉得她对做了这件事感到羞愧。不过这件事与其他全部事情都相符，不是吗？"

"你知道关于这个案子，我有什么发现吗，莱恩小姐？其实并没有什么是环环相扣的。"

"我想，"帕特丽夏脸一红，说，"你认为是奈杰尔毁了贝丝的论文吧？墨水的缘故。这真是荒谬至极啊。我的意思是，奈杰尔即使想做那样的事，也不会用他自己的墨水吧。他可不是那么傻的人。总之，不会是他干的。"

"他一直与约翰斯顿小姐相处得不太融洽，是吗？"

"哦，她有时行为举止有点烦人，但她不是有意的。"帕特丽夏·莱恩身体前倾，认真地说，"我想试着让您明白一两件事，督察，我是说有关奈杰尔·查普曼的。您看，奈杰尔真正的敌人其实是他自己。我先要承认他的举止真是让人很头疼，会使人们对他产生偏见。他粗鲁、爱挖苦和取笑人，从而惹恼了别人，大家都觉得他太坏了。但是其实他和看上去的不一样。实际上，他很害羞、总闷闷不乐、希望被人喜欢。但这类人有种矛盾心理，说的或做的和他们想说的或要做的恰恰相反。"

"啊，"夏普督察说，"他们这样太不幸了。"

"是啊，但他们真的不想让你知道，这种性格源于不幸的童年。奈杰尔的家庭生活很不愉快。他的父亲非常严厉苛刻，从来没理解过他。而且他父亲对他母亲很不好。母亲去世后，父子俩爆发了最激烈的争吵，奈杰尔从家里跑出去了。他父亲说再也不会给他一个子儿，他必须在得不到父亲帮助的情况下生活下去。奈杰尔说他不想得到父亲的任何帮助，即使给，他也不接受。他母亲在遗嘱里给他留了一点钱，然后他再也没有给父亲写过信或者回到他身边。当然，我认为在某种程度上，这是一种遗憾，但毫无疑问，他的父亲很令人讨厌。我不想知道是不是这些使奈杰尔变得尖酸刻薄，难与人相处。自从他母亲去世，就再也没有人关心和照顾他了。虽然他头脑聪明，但身体不太好。性格上的缺憾使他无法表现出自己真正的样子。"

帕特丽夏·莱恩停住不说了。她在认真地说了这么多之后脸红了，呼吸也略有些急促。夏普督察看着她，在想他之前遇到过不少像帕特丽夏·莱恩这样的人。她爱上那个家伙了,他在心里盘算着。但不要奢望他对她表现出一丁点儿关心,他只会享受母亲般的照顾。当然,他父亲听起来是个脾气糟糕的老家伙,但我相信他母亲是个傻女人,对儿子十分宠爱,甚至到了溺爱的程度,使他和父亲之间的隔阂扩大。这类事情我见得太多了。他想知道奈杰尔·查普曼是否被西莉亚·奥斯汀完全吸引住了,看起来不太像,不过也有可能。如果是这样,他想,帕特丽夏·莱恩就有可能因此心生怨恨。恨得足以杀人?不可能。而且无论如何,西莉亚和科林·麦克纳布订婚的消息一定会排除掉这类杀人动机的可能。

他把帕特丽夏·莱恩打发走,然后叫吉恩·汤姆林森过来。

第十章

汤姆林森小姐是一位面色严峻的年轻女子，二十七岁，一头金发，五官端正，嘴紧闭着。她坐下来，一本正经地说道："督察，有什么能为您效劳的吗？"

"汤姆林森小姐，关于那件非常不幸的事，我想知道，你是否能帮上我们一些忙。"

"这太令人震惊了。我真的相当震惊，"吉恩说，"说西莉亚自杀了的时候就够令人毛骨悚然的了，而现在又推测是谋杀……"她停下来，悲伤地摇了摇头。

"我们相当确信她没有毒死自己。"夏普说，"你知道毒药是从哪儿来的吗？"

吉恩点点头。

"我推测是从她工作的地方，圣凯瑟琳医院带回来的。但是这样一来，无疑就更像自杀了吧？"

"毫无疑问，这是有意为之的。"警官说道。

"但是除了西莉亚，还有谁能拿到毒药呢？"

"有很多人。"夏普督察说，"如果他们决意那么做的话。甚至你，你自己，汤姆林森小姐，如果想那么做，也是有可能恣意妄为的。"

"真的吗，夏普督察！"吉恩的声调尖锐，带着几分怒气。

"这个嘛，你非常频繁地光顾药房，不是吗，汤姆林森小姐？"

"我去那是为了看米尔德里德·凯里，是的。但是，我从没想过去动那个毒药柜。"

"但你可能已经碰过了呢？"

"我当然不可能碰任何那类东西！"

"哦，好吧，汤姆林森小姐。比方说你的朋友正忙于给病房配药，而另一个女孩在应对门诊窗口。前厅里一般只有两名药剂师在。你可以漫步到屋子中间，围着药瓶架子转来转去。你可能会从药柜里拿出一个小瓶子，揣进自己的口袋，那两个药剂师做梦也想不到你会那么做。"

"我对您的说法表示不满，夏普督察。这、这是无耻的指控。"

"这可不是指控，汤姆林森小姐，根本不是这回事。你一定不要误解我。你跟我说你不可能做这种事，而我正试图向你说明其实这是有可能的。我从没暗示是你干的。毕竟……"他又说道，"怎么能是你呢？"

"就是嘛。您似乎还不知道吧，夏普督察，我是西莉亚的朋友。"

"相当多的人是被朋友毒死的。有个问题我们有时不得不扪心自问，朋友什么时候不能称其为朋友呢？"

"我和西莉亚之间没有过争吵，类似的事都没发生过。我非常喜欢她。"

"你有什么理由怀疑是她偷了屋子里的那些东西吗？"

"没有，实际上，我这辈子从来没有如此震惊过。我一直以为西莉亚的道德准则很高，我做梦也没想到她会做这种事。"

"当然,"夏普仔细地看着她说,"有偷窃癖的人根本控制不住自己,对吧?"

吉恩·汤姆林森的嘴唇闭得更紧了。然后她开口说话。

"我要说的是我并不赞同这种说法,夏普督察。我的观念比较传统,坚信偷就是偷。"

"你认为西莉亚偷东西是因为……坦率地讲,她想要拿走那些东西?"

"我确实是这么想的。"

"单纯的不诚实吗,事实上?"

"恐怕是这样的。"

"啊!"夏普督察摇着头说,"这太糟糕了。"

"是啊,当我们感到对某人失望时总是很苦恼。"

"据我了解,对于是否要叫我们来——我是指警察,你们有过争议。"

"是的。在我看来这么做就对了。"

"你认为无论如何都应当报警?"

"我认为这是理所当然的。没错,您要知道,人们不应该让做了坏事的人逃脱。"

"你指的是这个人是个贼,却用偷窃癖来掩饰吗?"

"嗯,多多少少,没错,我就是这个意思。"

"可结果却是每件事最终都圆满解决了,奥斯汀小姐快要结婚了。"

"当然了,科林·麦克纳布会这么做一点也不稀奇。"吉恩·汤姆林森狠狠地说,"我敢断定,他是个无神论者,是一个疑心极重、喜欢嘲讽、令人厌烦的家伙。他对谁都很粗鲁。我觉得他就是个共产主义分子!"

"啊!"夏普督察说,"真糟糕!"他摇了摇头。

"他支持西莉亚,我认为是因为他对于财物没有一个正确的认识。他很可能觉得每个人都应该去窃取他们想要的一切。"

"不过至少,"夏普督察说道,"奥斯汀小姐承认了错误。"

"是在被人查出来之后吧。正是。"吉恩尖锐地说。

"谁查出她来了?"

"那个叫什么来着的先生……波洛?那位。"

"但你为什么说波洛查出她了呢,汤姆林森小姐?他并没那么说过,他只是建议报警。"

"他一定对她暗示过他已经知道真相了。她显然知道一切都完了,就跑去坦白了。"

"那关于往伊丽莎白·约翰斯顿的论文上泼墨水这件事呢?对此她坦白了吗?"

"我不太清楚,我想可能也坦白了吧。"

"你猜错了。"夏普说,"她竭力否认做过那样的事。"

"哦,可能不是她干的吧。我就说看上去也不太像是她干的嘛。"

"你觉得更有可能是奈杰尔·查普曼吗?"

"不,不会是奈杰尔干的,我想很有可能是阿基博姆博先生。"

"真的吗?为什么是他干的呢?"

"嫉妒。所有有色人种都相互嫉妒得不得了,而且情绪异常激动。"

"这个说法可真有趣,汤姆林森小姐。你最后一次见到西莉亚是什么时候?"

"周五晚上晚餐后。"

"谁先就寝的？是她还是你？"

"是我。"

"你离开公共休息室后去过她的房间或者见过她吗？"

"没有。"

"对于谁有可能往她的咖啡里放吗啡——假设是这么投毒的，你有什么线索吗？"

"我毫无头绪。"

"在这间屋子或任何人的房间里，你曾见到过吗啡吗？"

"没见过。没有，我觉得是没见过。"

"你觉得没见过？这话是什么意思，汤姆林森小姐？"

"哦，我只是怀疑而已。说起来，有过一次无聊的打赌。"

"打什么赌？"

"一个，哦，两三个男孩子在争论……"

"他们争论什么？"

"谋杀，还有谋杀的方法。特别是投毒。"

"参与讨论的都有谁？"

"嗯，我记得是科林和奈杰尔挑起的话题，然后伦恩·贝特森开始插嘴，帕特丽夏也在……"

"你能尽可能准确地记起那个场合下他们都说了什么吗？这场争论是怎么进行的？"

吉恩·汤姆林森想了一会儿。

"呃，我想想，一开始是关于用毒药杀人的讨论，他们在说最难的是如何拿到毒药，因为通常警方通过追踪毒药的销售情况或是有机会接近毒药的人就能够查明凶手。而奈杰尔说完全没必要这样做，他说他能想出三种不同的任何人都能拿到毒药的方法，而且完全不会被察觉。伦恩·贝特森说他是在吹牛。奈杰尔说他没有说大话，并且准备证明给他看。帕特认为毫无疑问奈杰尔说的极为正确，她说不管是伦恩还是科林，他们都能随时从医院里拿到毒药，西莉亚也可以。然后奈杰尔说这跟他要表达的意思完全不是一码事，他说如果西莉亚从药房拿点什么东西，肯定会被人注意到的。他们早晚会去找，继而发现东西丢了。帕特说不会的，如果西莉亚拿走一个小瓶，把里面的东西倒出来再把其他东西填进去，是不会被发现的。科林大笑，说那样的话总有一天病人会大肆抱怨。但奈杰尔说他当然不是指靠不同寻常的机会。他说他自己无需用任何特别的途径，不用扮成医生或药剂师，就能很轻松地用三种不同的方法搞到三种不同的毒药。伦恩·贝特森说：'好吧，那么你的方法是什么呢？'奈杰尔说：'现在我不会告诉你，但我准备和你打赌，三周内我能把三种能致人死亡的药物样本拿到这儿来。'伦恩·贝特森说愿意出五英镑赌他根本办不到。"

"后来呢？"吉恩刚一说完夏普督察就问道。

"后来就没有什么了，我想一想，有天晚上在公共休息室，奈杰尔说：'那么现在，伙计们，往这儿看吧。我兑现了承诺。'然后他把三样东西扔在桌子上。他拿出的是一管东莨菪碱片，一瓶洋地黄苷酊，还有一小瓶酒石酸吗啡。"

警官急忙问道："酒石酸吗啡上面有标签吗？"

"有，上面贴着圣凯瑟琳医院。我清楚地记得是因为它自然而然地吸引了我的注意。"

"还有其他的特点吗？"

"我没注意到。我想它们不是医院里的库存。"

"之后又发生了什么？"

"哦，当然，又是一番争论和闲聊，伦恩·贝特森说：'好吧，如果你犯下谋杀案，这样就足以定位到你身上了。'奈杰尔说：'完全不会的。我是个门外汉，我与诊所和医院毫无瓜葛，根本不会有人把我跟这些联系在一起。我又不是从药店里买的。'科林·麦克纳布把嘴里的烟斗拿下来，说：'没错，你肯定买不到的。没有医生的处方，药剂师不会卖给你这三种药。'总之，他们争论了一会儿，最后伦恩表示他会付钱的。他说：'我现在拿不出来，手上的现金有点不够，但是毋庸置疑我会给的。因为奈杰尔已经证实了他的说法。'然后他又说，'我们要怎么处理这些可以作为罪证的赃物呢？'奈杰尔微微一笑，说我们必须扔掉它们，以免发生什么事故。于是他们把管里的药倒掉，把药片扔进火堆，把酒石酸吗啡粉末倒出来也扔进了火堆。他们把那瓶洋地黄苷酊倒进了抽水马桶。"

"那些药瓶呢？"

"我不清楚药瓶是怎么处理的……我想或许只是扔进了废纸篓吧。"

"不过毒药本身都被销毁了？"

"是的。我对此相当确信。我亲眼看到的。"

"那是……什么时候的事？"

"大约……哦，仅仅两星期前，我记得是。"

"我知道了。谢谢你，汤姆林森小姐。"

吉恩磨磨蹭蹭的，显然想打听到更多消息。

"您认为这可能很重要吗？"

"也许吧。很难说。"

夏普督察深思了半晌。接着又找来了奈杰尔·查普曼。

"我刚从吉恩·汤姆林森小姐那儿听说了一件相当有趣的事。"他说。

"啊！亲爱的吉恩在您面前诋毁谁了？是我吗？"

"她谈到了毒药，而且与你有关，查普曼先生。"

"毒药和我？到底是怎么回事？"

"几周前你曾和贝特森先生打赌，能以某些方式获取毒药并且不留痕迹，这事你不否认吧？"

"哦，那件事啊！"奈杰尔恍然大悟，"没错，确实！真有意思，我竟然没想到。我甚至不记得吉恩也在场。但是您不可能认为这是有意义的线索的，对吧？"

"呃，这很难讲。这么说你是承认确有此事了？"

"哦，正是，我们是讨论过这个话题。科林和伦恩非常傲慢专横，我告诉他们只要用一点点技巧，任何人都能搞到适量的毒药。事实上我说了我能想出的三种不同的方法，我还说了要通过实践证明我的观点。"

"随后你就付诸实践了？"

"随后我就那样做了，警官。"

"那三种方法是什么呢，查普曼先生？"

奈杰尔把头向旁边歪了歪。

"您该不会是让我自投罗网吧？"他说，"当然了，您应该先提醒我。"

"还没到该提醒你的时候呢，查普曼先生。但是，当然如你所说，你不用自投罗网。实际上如果你愿意，完全有权拒绝回答我的问题。"

"我并不想拒绝回答。"奈杰尔想了一会儿，嘴角露出一丝笑意。

"当然，"他说，"我的所作所为无疑触犯了法律，如果您愿意的话，可以拘捕我。另一方面，这是一桩谋杀案，如果我的行为与可怜的小西莉亚之死有任何关联的话,我想我应该坦诚相告。"

"这才是明智之举。"

"那好吧。我来说说。"

"那三种方法是什么?"

"哦。"奈杰尔往椅子上一靠,"经常能在报纸上看到,医生的车里丢失了危险药品吧?报纸总是提醒人们注意这类事。"

"是的。"

"嗯,我想到一种非常简单的方法,就是到乡下去,跟踪一个全科医生巡回出诊,一旦出现机会,只需打开车门,找找医生的药箱,就能取出你想要的东西。您要知道,在那些穷乡僻壤,医生并不总把药箱带进屋里。这取决于他去看的是哪种病人。"

"然后呢?"

"嗯,没有然后了。这就是我要说的第一种方法。我不得不跟踪了三名医生才找到一个符合要求的马大哈。车停在一所农舍外面,那里人迹罕至,此时我拿走药品简直是再容易不过了。我打开车门,看看药箱,取出一管东莨菪碱氢溴酸盐,就是这样了。"

"啊!那第二种方法呢?"

"事实上,这就需要利用一下可爱的西莉亚了。她一点也没有怀疑。我跟您说过她是个迟钝的女孩,她对我的所作所为没有任何警觉。我简单谈起拉丁文的医生处方晦涩难懂,让她帮我像医生那样写一个洋地黄苷酊的处方,她毫不怀疑地帮我写了。之后我要做的就是从分类目录中找个医生,他得住在远离伦敦的地区,再写上他名字的首字母或是字迹有点模糊的签名。然后我把这份处方拿给伦敦闹市区的一个药剂师,他不大可能熟识我专门找来的那名医生的签名，这样我就毫不费力地拿到了他的处方。用洋地黄苷治疗心脏病时要开相当大的剂量，我是用旅店的便签纸誊写下来的。"

"真是足智多谋啊。"夏普督察冷冷地说。

"我就是在自投罗网！我能从您的语气里听出来。"

"那第三种方法呢？"

奈杰尔并没有马上作答。过了一会儿他说："看看吧，我到底把自己置于何地啊？"

"从没锁门的车里偷药犯了盗窃罪，"夏普督察说，"而伪造处方——"

奈杰尔打断了他。

"不能说是伪造，对吧？我是说，我没有因此获得金钱，也并没有模仿哪位医生的签名。我的意思是，如果我写个处方并署名H.R.詹姆斯，你不能说我伪造了哪个特定的詹姆斯医生的名字，对吧？"他露出相当扭曲的笑容，"您明白我的意思了吗？我在给自己找麻烦。如果您要因为这个翻脸，呃，我显然是活该。另一方面，如果……"

"什么，查普曼先生，另一方面？"

奈杰尔突然激动地说："我讨厌杀人。那是一种残忍、恐怖的行为。西莉亚，可怜的小家伙，不应当被人杀害。我想帮忙，但是能帮上忙吗？我看不出来。我指的是把我的小过失讲给您听。"

"警察有相当大的自主权，查普曼先生。是否把这件事定性为由于不负责任造成的轻微恶作剧，由他们来决定。我相信你愿意协助我们解决这个女孩的谋杀案。那么，就请继续吧，告诉我们你的第三种方法。"

"哦。"奈杰尔说,"我们说得可是相当露骨了哦。第三种可比前两种稍微危险一点儿,但同时也要好玩得多。您知道,我去西莉亚的药房找过她一两次,我了解那里……"

"所以你就能从柜子里把药瓶顺走了?"

"不,不是,可没那么简单。在我看来那么做不太公平。而且,如果真的偶然发生了谋杀,也就是说,如果我以杀人为目的偷了毒药,很可能有人记得我去过那儿。实际上我有大约六个月没去过西莉亚的药房了。不,我知道西莉亚总是在十一点十五分到里屋去吃所谓的'午前茶点',就是一杯咖啡和一块饼干。那些女孩们轮流去吃,每次去两个人。有个新来的女孩,刚刚过来,她凭外貌当然认不出我来。因此我是这么做的。我穿上白大褂,脖子上挂着个听诊器,溜溜达达地进了药房。只有那个新来的女孩在那儿,而她正忙于应对门诊窗口的病人。我溜了进去,径直走向放毒药的柜子,拿出一个小瓶,一边在墙边转来转去,一边对那女孩说:'你们配的肾上腺激素浓度是多少?'她告诉了我,我点了点头,然后我问她能不能给我两片万吉宁,因为我宿醉严重。我把药吞了下去,又溜了出去。她一点也没有起疑,以为我是某人的实习医生或医学部学生。这是小孩子的把戏。西莉亚甚至都不知道我去过那里。"

"听诊器,"夏普督察好奇地问,"你从哪儿拿到的听诊器?"

奈杰尔突然狡黠地一笑。

"是伦恩·贝特森的,"他说,"我偷偷拿的。"

"从这个宿舍里?"

"是的。"

"这就解释了为什么听诊器被偷了。那不是西莉亚干的。"

"天哪,当然不是!你怎么也想象不出有偷窃癖的人会去偷听诊器,是吧?"

"后来你拿着它做了什么?"

"哦,我把它当掉了。"奈杰尔怀着歉意说道。

"那对贝特森来说岂不是有点难以忍受?"

"他气坏了。但如果不是为了证实我的方法,我也不打算那么做的,然而我又不能告诉他是我干的。"奈杰尔得意扬扬地补充道,"在那之后不久的一个晚上,我带他出去,请他参加了一场无比热闹的聚会。"

"你是个不负责任的年轻人。"夏普督察说。

"您真应该看看他们的表情。"奈杰尔说,笑意更明显了,"当我把那三种致命的玩意儿扔在桌子上,并告诉他们我已经设法拿到且不会被任何人发现的时候。"

"你所告诉我的是,"警官说,"你可以用三种不同的毒药、以三种方式毒死一个人,而且每一种情形下根据毒药都无法追踪到你。"

奈杰尔点了点头。

"您说的很对。"他说,"在当前情况下,承认这些可不是件愉快的事。但是关键在于,那些毒药在两周,甚至更长时间之前就已经被处理掉了。"

"那是你那么认为的,查普曼先生,但可能并不是真是那样。"

奈杰尔盯着他。

"您这是什么意思?"

"那些东西在你那儿放了多久?"

奈杰尔思索了一下。

"嗯,东莨菪碱大概十天,我想是吧。酒石酸吗啡大约有四天。洋地黄苷酊是我那天下午才弄到的。"

"你把那些东西,我是指东莨菪碱氢溴酸盐和酒石酸吗啡,放在哪儿了?"

"放在我衣柜的抽屉里了,放在最里边,袜子的下面。"

"有别人知道放在那儿了吗?"

"没有。没有。我确定没人知道。"

然而,夏普督察觉察到他说话时隐约有些犹豫,不过此时他并没有点破。

"你做的事告诉过别人吗?你的方法,拿到那些毒药的方法?"

"没有。至少……没,我没告诉过任何人。"

"你说'至少',查普曼先生。"

"嗯,事实上我确实没说过。其实我本打算告诉帕特的,后来我想她不会赞成我这样做的。她非常苛刻,我是说帕特,于是我就搪塞过去了。"

"你没告诉她从医生的车里偷东西或是处方的事,以及从医院里偷吗啡吗?"

"实际上我后来告诉了她有关洋地黄苷、我写处方并从药剂师那里拿到药瓶,还有在医院里装成医生的事。遗憾的是帕特并不觉得好笑。我没告诉她从车里偷东西的事,我怕她会大发雷霆。"

"你跟她说过打赌赢了之后就打算把毒药销毁了吗?"

"说了。她整个人都变得焦虑不安、异常激动,坚持让我把东西还回去之类的。"

"你就从来没想过那样做吗?"

"天哪,当然没有!那样做将是致命的,会带给我无穷无尽的麻烦。不，我们三个把毒药丢进了火堆、倒进了厕所，就此结束。万事大吉了。"

"那只是你的一面之词，查普曼先生，很可能已经造成了伤害。"

"怎么可能呢，如我所言，毒药都被扔掉了啊？"

"你没想过吗，查普曼先生？可能有人看到你把那些东西放在哪儿了，也许有人找到它们，把吗啡从瓶里倒出来，换成其他东西再装进去？"

"天哪，怎么会！"奈杰尔注视着他，"我从没想过这种可能。我不相信。"

"但的确有这样一种可能性，查普曼先生。"

"不可能有人知道啊。"

"我要说，"夏普督察冷冷地说，"在这种地方，会有许许多多你意想不到的事发生。"

"您的意思是偷窥？"

"是的。"

"也许这一点您说得对。"

"这些学生里边，通常谁随时有可能到你的房间里去？"

"嗯，我和伦恩·贝特森住在一起。大多数男生时不时都会过来。当然女生们不来，女生们不能到我们这边的卧室来。这是礼节。纯洁的生活方式。"

"不允许她们去，但我想她们还是有可能去的吧？"

"谁都有可能来。"奈杰尔说，"白天。比如下午，就没什么人在。"

"莱恩小姐去过你的房间吗？"

"我希望您的意思不是像听上去的那样，警官。帕特有时会来我房间,还会来帮我缝补袜子。仅此而已。"

夏普督察向前探着身子,说:"查普曼先生,最容易从瓶里取出毒药并用其他东西代替的人就是你,你意识到了吗?"

奈杰尔看着他,表情突然僵硬起来,显出桀骜不驯的样子。

"没错,"他说,"一两分钟前我才反应过来,我恰恰可以那么做。但我根本没有理由把那个姑娘置于死地,警官,我没有杀她。虽然这样,话说回来……我非常清楚,对您来说,我空口无凭。"

第十一章

打赌的事和毒药的处置得到了伦恩·贝特森和科林·麦克纳布的证实。别人走了之后，夏普把科林·麦克纳布留了下来。

"我想尽我所能不给你带来更多的痛苦，麦克纳布先生。"他说，"你的未婚妻在和你订婚的当晚被人毒死了，我明白这件事对你意味着什么。"

"没有必要再提这件事了。"科林·麦克纳布面沉似水地说，"您不必顾虑我的感受，只需问我您认为有用的问题。"

"你经过深思熟虑后的想法是，西莉亚·奥斯汀的行为缘于心理问题吗？"

"这是毫无疑问的。"科林·麦克纳布说，"假如您想让我深入谈谈相关理论的话……"

"不，不用，"夏普督察急忙说，"我会像个学心理的学生一样洗耳恭听你的话。"

"她的童年特别不幸，这在她心中形成了一道感情上的障碍……"

"正是如此，确实是这样的。"夏普督察极力避免再听到一个悲惨的童年故事，奈杰尔的故事他已经听够了。

"你被她吸引已经有一段时间了？"

"确切地说，并非如此。"科林认真地思考了这个问题后回答,"这种事有时你会恍然大悟然后感到惊奇。无疑,潜意识里我被吸引了,但实际上我并没有意识到,因为我并不想太早结婚。在我的潜意识里面,很可能对这种想法有一种强烈的抵制。"

"没错,是这样的。和你订婚,西莉亚·奥斯汀开心吗?我是说她明确表示过吗?有没有不确定因素?她不觉得应该跟你说点什么吗?"

"她对自己的所作所为做了深深的忏悔。没什么再让她心神不定的了。"

"你打算和她结婚的话……什么时候?"

"我们在相当长的一段时间内是不会结婚的。我此时的条件不足以养家糊口。"

"西莉亚在这里有什么仇人吗?有人对她怀恨在心吗?"

"我想几乎没有。关于这一点我已经反复思考过很多次了,警官。西莉亚在这里广受好评。我敢说,导致这种后果,绝对不是她个人的原因。"

"'不是个人原因'是什么意思?"

"当前我不想说得太具体。这只是我一个模糊的想法,连我自己都还不太清楚呢。"

在这一点上,督察改变不了他的态度。

最后两个接受询问的学生是萨莉·芬奇和伊丽莎白·约翰斯顿。警官先问萨莉·芬奇。

萨莉是个魅力十足的姑娘,有一头蓬松的红发,明亮的眼睛里闪着智慧的光芒。在例行询问之后,萨莉·芬奇突然占据了主动权。

"督察您知道我想怎么做吗?我想把想法都告诉您,是我个人的想法。这栋房子有些地方不对劲,真的是太不对劲了。这一点我确信无疑。"

"意思是你在害怕什么事,芬奇小姐?"

萨莉点了点头。"是的,我有点害怕。这里的某些事或某些人非常残忍。整个地方不是……呃,怎么说好呢,不像看上去的那样。不,不,警官,我说的不是共产主义者。我看见您的嘴唇在发抖,我指的不是共产主义者。也许甚至都不是犯罪。我也不清楚。不过我敢打赌,那个可怕的老女人什么都知道,赌什么都行。"

"哪个老女人?你说的不是哈伯德太太吧?"

"不,不是哈伯德妈妈。她是个惹人喜爱的女人。我指的是尼科莱蒂斯。那只老母狼。"

"这可真有意思,芬奇小姐。你能说得再具体一点吗?我是说关于尼科莱蒂斯夫人。"

萨莉摇了摇头。

"没办法。我恰恰说不上来。我只能告诉您,每次我从她身边经过都会有一种毛骨悚然的感觉。这里正发生着奇怪的事情,督察。"

"我希望你能说得稍微明白一些。"

"我也想。您认为我是在胡思乱想吧。嗯,也许是,但其他人也有这种感觉。阿基博姆博就有,他吓坏了。我想黑贝丝也是,但她不露声色。而且督察,我认为西莉亚知道一些事。"

"知道些什么事?"

"这就是关键所在。什么事?她说过一些话,在临死前的最后一天说的,关于将真相大白于天下。她承认了发生过的事情里面与她有关的部分,但她又稍微暗示过还知道其他事情,她也要把那些事公之于众。我想她知道些什么,警官,关于某个人的。

我觉得这就是她被杀的原因。"

"如果势态如此严重的话——"

萨莉打断了他。

"我要说,她并不清楚有多么严重。她头脑不太灵光,您要知道。可以说相当愚钝。她掌握了一些事,但她不知道她所掌握的事情的危险性。总之,无论是真是假,这就是我的直觉。"

"我知道了。谢谢你……现在我再问一下,你最后一次见到西莉亚·奥斯汀是昨晚晚餐后在公共休息室里,对吗?"

"对的。哦不止,实际上,我在那之后也看到她了。"

"你在那之后也看到她了?在哪儿?在她房间里吗?"

"不是。我从公共休息室出来准备去上床睡觉时,刚好看到她从前门出去。"

"从前门出去?你的意思是去外面了?"

"是的。"

"这太出人意料了,还没人提起过这个。"

"我敢说他们都不知道。她离开公共休息室时跟我说了晚安,并且说要就寝,假如我没再看到她,我会以为她真的去睡觉了。"

"然而,实际上她上了楼,穿上外出的衣服后从房子出去了,是吗?"

萨莉点点头。

"而且我认为她是去见某个人。"

"我了解了。某个在外面的人。有没有可能是学生中的一个呢?"

"嗯,我预感可能是学生之一。您看,如果她要秘密地跟某人谈话,在房子里面没有太合适的地方。那个人大概建议她出去,在外面的某个地方见面。"

115

"你知道她什么时候回来的吗?"

"一无所知。"

"杰罗尼莫会知道吧,那个男仆?"

"如果她十一点之后回来的话他就会知道,因为他每天十一点上门栓和铁链。但在那之前,任何人都能用自己的钥匙开门进来。"

"你知道看见她从房子里出去的确切时间吗?"

"我想是大概……十点钟吧。也许刚过十点,但不会太晚。"

"我知道了。谢谢你提供的情况,芬奇小姐。"

警官的最后一个谈话对象是伊丽莎白·约翰斯顿。这个姑娘镇定自若的样子马上给他留下了深刻的印象。她聪明果断地回答完一个问题后,就等着警官问下去。

"西莉亚·奥斯汀,"督察说,"强烈否认是她毁掉了你的论文,约翰斯顿小姐。你相信她吗?"

"我认为不是西莉亚干的。不是。"

"你不知道是谁干的吗?"

"最显而易见的答案是奈杰尔·查普曼,但在我看来这有点过于明显了。奈杰尔很聪明,他不会用自己的墨水的。"

"假如不是奈杰尔,那会是谁呢?"

"这就更难猜了。但我觉得西莉亚知道是谁,或至少猜出来了。"

"她这么告诉你了吗?"

"没透露太多。但她死去的那天晚上曾来过我的房间,在去下楼吃晚饭之前。她来告诉我说虽然是她偷了那些东西,但她没有破坏我的工作成果。我跟她说我相信她的保证。我问她是否知道是谁干的。"

"那她是怎么说的呢?"

"她说……"伊丽莎白稍微停顿了一下,就像在确认自己要说的话是否准确似的,"她说:'我不敢十分确定,因为我不明白为什么……可能是搞错了或是意外……我确信,不管是谁干的都会对此非常懊悔,应该一定会坦白承认的。'西莉亚还说,'还有些事我不明白,像警察来的那天的电灯泡。'"

夏普打断了她。

"警察和电灯泡是怎么回事?"

"我不知道。西莉亚只是说:'不是我把电灯泡取下来的。'接着她又说,'我怀疑是否与那本护照有关呢?'我问:'你说的护照是什么意思?'她又说:'我想似乎有人的护照是伪造的。'"

督察沉默了片刻。

终于,他的脑海里似乎形成了一种模糊的想法。一本护照……

他问道:"她还说什么了吗?"

"没什么了。她只是说:'总之明天我就会知道得更清楚了。'"

"她那么说了吗?明天我就会知道得更清楚了。这个说法可至关重要啊,约翰斯顿小姐。"

"没错。"

督察又一次沉默了,仿佛陷入了沉思。

跟护照有关的事,还有警察的到访……在来山核桃大街之前,他仔仔细细地审阅过档案,特别留意了住着外国学生的宿舍。山核桃大街二十六号的信用记录良好,但关于这里的详细记录少之又少,而且没什么帮助。一名来自西非的学生因靠一个女人的收入维持生计而被谢菲尔德警察局通缉,该学生在山核桃大街住过几天就搬到别的地方了。某一天他被抓住,之后就被驱逐出境了。还有一次为了查找一个欧亚混血人,以"协助警方"调查剑桥附近发生的出版商之妻被杀案,所有的宿舍和公寓都被例行检查过。这件事以那个有问题的年轻人自己走进赫尔城的警察局坦白自首而告终。再有就是审问过一个发放反动小册子的学生。所有这些事都是很久以前发生的了,和西莉亚之死不可能有任何关联。

他叹了口气,抬起头,发现伊丽莎白·约翰斯顿正用她那闪着智慧之光的黑眼睛望着他。

他一冲动,就问道:"告诉我,约翰斯顿小姐,你有没有过一种感觉……一种印象,觉得这个地方哪里有点不对劲?"

她一脸惊讶。

"关于哪方面的不对劲?"

"我也说不出来。我在想萨莉·芬奇小姐跟我说的一些话。"

"哦!萨莉·芬奇!"

督察觉得她的语调有些难以捉摸。他觉得挺有趣的,便继续说道:"在我看来芬奇小姐是个优秀的观察者,既精明又务实。她非常执着地认为哪里有点……奇怪,就在这个地方。虽然她难以确定究竟是哪儿不对劲。"

伊丽莎白有些尖锐地说道:"那是她那美国式的思维在作怪。他们都一样,那些美国人,都神经兮兮、惶恐不安,对每件蠢事都疑神疑鬼的!看看那些蠢货们自己制造的政治迫害吧,还有他们歇斯底里的间谍狂躁症和对共产主义的痴迷。萨莉·芬奇就是一个典型。"

警官的兴趣更浓了。看起来伊丽莎白厌恶萨莉·芬奇。为什么?因为萨莉是个美国人?还是伊丽莎白不喜欢美国人仅仅因为萨莉·芬奇是个美国人,她有某种个人原因而不喜欢那个漂亮的红头发女孩?也许单纯源于女性的嫉妒心吧。

他决定试试之前觉得行之有效的一套方法。他平静地说道:"正如你所感受到的,约翰斯顿小姐,像在这样一个宿舍里,人的智力等级多种多样。一些人……大多数人,我们只是问问事实,但当我们遇到高智商的人时……"

他停住了,这番话可有点奉承,她会有回应吗?

在一阵短暂的冷场之后,她说话了。

"我想我懂您的意思,督察。如您所说,这儿的人智力等级都算不上特别高。奈杰尔·查普曼思维够敏捷,但他学识浅薄。莱纳德·贝特森勤奋刻苦,但也仅此而已了。瓦莱丽·霍布豪斯头脑灵光,但是她的视野都放在商业上了,她不愿意把脑子用在其他值得做的事上。您需要的是一个训练有素、能够提供不偏不倚的想法的人。"

"就像你,约翰斯顿小姐。"

她接受了这句赞美,没有反对。督察饶有兴趣地认识到,在这位年轻女子谦逊和蔼的行为举止背后,对自己品行方面的评价自视甚高。

"我有点同意你对同伴的评价,霍布豪斯小姐[①]。查普曼聪明但孩子气,瓦莱丽·霍布豪斯有头脑但对待生活的态度有点消极。如你所说,你是个头脑训练有素的人。这就是我愿意重视你的意见的原因——你的意见非常客观,极具智慧。"

此刻他担心吹捧得有点过头了,但他的担心完全没有必要。

"这个地方没什么不对劲的,警官。不用管萨莉·芬奇说的

[①]原文如此,是作者笔误,应为"约翰斯顿小姐"——译者注。

那一套。这是一家像样的、经营不错的宿舍，我相信您在这里找不到任何颠覆活动的蛛丝马迹。"

夏普督察有点惊讶。

"我在想的并不是什么颠覆活动啊。"

"哦——我明白了。"她略微有些吃惊，"我把西莉亚提到的护照联系起来了。但公平地审视，对全部证据进行衡量，在我看来可以确定西莉亚的死因。要我说是私人原因，也许是跟异性有关的纠葛。我相信跟这家宿舍本身或这里'持续发生着'的任何事都没关系——我确定这里没发生什么事。如果发生了我应该能察觉到，我的感觉可是非常灵敏的。"

"我知道了。好吧，谢谢你，约翰斯顿小姐。你人真不错，对我帮助很大。"

伊丽莎白·约翰斯顿出去了。夏普督察坐着，盯着关上的门看，科布警长叫了他两次他才反应过来。

"嗯？"

"我是说都问完了，长官。"

"好的，我们有哪些收获？非常少。但我要跟你说一件事，科布。我明天会带着搜查证再来这里一趟。我们走时要说目前一切正常，这样他们就会认为都结束了。然而这个地方还发生着什么事。明天我要里里外外搜查一番。当你不知道要找什么时最不好办了，不过我们还是有机会发现能给我们提供线索的东西的。刚刚出去的那个姑娘非常有趣，她如拿破仑般自负，而且我强烈地怀疑她知道些什么。"

第十二章

1

赫尔克里·波洛在处理来往信件,在口述到一句话的一半时他停住了。莱蒙小姐诧异地抬起头看着他。

"怎么了,波洛先生?"

"我走神了!"波洛摇了摇头,"反正这封信不太重要。莱蒙小姐,请给你的姐姐打个电话,我有话跟她说。"

"好的,波洛先生。"

不一会儿,波洛迈步走出房间,从他的秘书手中接过了电话听筒。

"您好!"他说。

"您好,是波洛先生吗?"

哈伯德太太有点上气不接下气。

"哈伯德太太,我想我没有打扰你吧?"

"我就是在被打扰中度过这一天的。"哈伯德太太说道。

"出乱子了吗?"波洛细心地问道。

"波洛先生,您说得再正确不过了。他们就是那么干的。昨天夏普督察对所有学生询问了一遍,然后今天他又带着搜查证来了。而我被正发了疯般胡言乱语的尼科莱蒂斯夫人纠缠着。"

波洛回应了些同情的话。

然后他说:"我只是有一个小问题要问一下。你给过我一个丢失物品的清单,还有其他发生的怪事,我要问的是,那些是按照时间顺序写的吗?"

"您的意思是?"

"我的意思是,这些东西都是按照它们丢失的顺序记下来的吗?"

"不,没有。对不起,我只是想起哪个就记下来哪个。非常抱歉我误导了您。"

"我本该事先问清楚的。"波洛说,"不过那时我觉得无关紧要。我正拿着你给我的清单。一只晚装鞋、手镯、钻石戒指、粉盒、口红、听诊器,等等。你说这并不是丢失的顺序,对吗?"

"不是。"

"那你现在还记得正确的顺序吗?可能这对你来说太难了。"

"嗯,我不确定现在是否还能记得住,波洛先生。您要知道,那已经是前阵子的事了,我必须好好回想一下。事实上我跟我妹妹说过,知道要来见您之后我就列了个清单,我想我是按照想起来的顺序逐个记下来的。我的意思是,第一个想到晚装鞋是因为那件事太蹊跷了;然后想到手镯、粉盒、打火机和钻石戒指是因为它们都相对贵重些,看上去好像真的是一个小偷干的;接着我才想到其他不太重要的东西,把它们补上。我是指硼酸、电灯泡和帆布背包。这些东西无足轻重,我只是作为补充才想到它们的。"

"我懂了。"波洛说,"好,我想想……太太,现在我想请你坐下来,在有空的时候……"

"我想那要等尼科莱蒂斯夫人服用镇静剂入眠以后,并且要等杰罗尼莫和玛丽亚平静下来,我才会有一点点时间。您想让我做什么呢?"

"坐下来,按照各起事件发生的时间顺序,尽可能正确地把它们写下来。"

"没问题,波洛先生。我没记错的话一开始是背包,然后是电灯泡——我真是想不明白这和其他事件有什么关联——再来是手镯和粉盒,哦不,是晚装鞋。不过您肯定不愿意听我在电话里这样猜来猜去,我会尽我所能都写下来的。"

"谢谢你,太太,对此我感激不尽。"

波洛挂断了电话。

"我真生我自己的气。"他对莱蒙小姐说道,"我违背了规则和方法。我本该从一开始就把这些偷窃事件的正确顺序辨别清楚的。"

"好了、好了,"莱蒙小姐呆板地说着,"波洛先生,您现在还要把这些信件处理完吗?"

然而波洛又一次对她生气地摆了摆手,示意她可以走了。

2

星期六早晨,夏普督察带着搜查证,又回到了山核桃大街。他要求与尼科莱蒂斯夫人谈一次话,尼科莱蒂斯夫人常常星期六过来,和哈伯德太太核对账目。他已经解释过了此行的目的。

尼科莱蒂斯夫人表示强烈抗议。

"这简直是侮辱!我的学生们会纷纷离开这儿的。他们都会离开的。我要破产了……"

"不不,夫人。我相信他们是明白事理的。毕竟这是一起谋杀。"

"不是谋杀！是自杀。"

"我想等我解释过之后，没人会反对——"

哈伯德太太插话，安慰起来。

"我保证，"她说，"大家都通情达理。除了，"她想了想，加了一句，"也许除了艾哈迈德·阿里和钱德拉·拉尔先生。"

"呸！"尼科莱蒂斯夫人说，"谁在乎他们呢！"

"谢谢你，夫人。"警官说道，"那我们就要从这里，从你的起居室开始搜了。"

话音未落，就引发了尼科莱蒂斯夫人的强烈反对。

"你愿意搜哪里就搜哪里，"她说，"但这里绝对不行！我反对。"

"对不起，尼科莱蒂斯夫人，但我必须从上到下搜遍整幢房子。"

"可以，没错，不过我的房间不能搜。法律管不着我。"

"没人能凌驾于法律之上。恐怕我不得不请你站到旁边了。"

"这是侮辱。"尼科莱蒂斯夫人愤怒地尖叫起来，"你这个多管闲事的人。我要写信给每一个人，我要给议会的议员写信，我要写给各家报纸。"

"你愿意写给谁就写给谁吧，夫人。"夏普督察说，"我要搜这个房间了。"

他径直走向办公桌，从那边开始搜起。他搜到一大箱糖果，一摞文件和一大堆各式各样的废品。他又走近房间一角的橱柜。

"上锁了。请问能把钥匙给我吗？"

"不可能！"尼科莱蒂斯夫人大喊道，"不可能，决不，绝对不会给你钥匙的！畜生！猪狗一般的警察，我真想朝你吐口水。

我呸！呸！呸！"

"你最好把钥匙交给我。"夏普督察说道，"否则我会直接把门撬开。"

"我不会把钥匙给你的！你要拿到钥匙，除非把我的衣服都撕掉！如果你那样做，就将成为一桩丑闻。"

"去拿个凿子吧，科布。"夏普督察无奈地说。

尼科莱蒂斯夫人愤怒地尖叫起来，夏普督察毫不理睬。凿子拿来了。两声尖锐刺耳的敲击声过后，橱柜的门开了。随着门板向前摇摆，不计其数的空白兰地酒瓶从橱柜里翻滚而出。

"畜生！蠢猪！恶棍！"尼科莱蒂斯夫人尖叫着。

"麻烦你了，夫人。"警官彬彬有礼地说道，"这里我们搜完了。"

哈伯德太太趁着尼科莱蒂斯夫人发疯之时，机智地把那些瓶子放回了原处。

一个秘密，这个令尼科莱蒂斯夫人发火的秘密，现在终于曝光了。

3

哈伯德太太打开自己起居室的药柜，正要倒出适量的镇静剂，波洛的电话就打来了。放下听筒之后，她就回去找被她留在起居室的尼科莱蒂斯夫人。那女人正在尖叫，无所事事地等着。

"把这个喝了吧，"哈伯德太太说，"会感觉好些的。"

"盖世太保！"尼科莱蒂斯夫人说，这时她已经安静下来了，但还是沉着脸。

"假如我是你就什么都不再去想了。"哈伯德太太安慰她说。

"盖世太保！"尼科莱蒂斯又说了一遍,"他们简直就是盖世太保！"

"你要明白,他们不得不履行自己的职责。"哈伯德太太说。

"他们的职责就是撬开我的私人橱柜？我跟他们说了'这个你不能打开'！我上了锁,我把钥匙藏在胸口。如果你没有作为目击者在那里,他们会厚颜无耻地把我的衣服扯下来的。"

"哦不,我想他们不会那么做的。"哈伯德太太说。

"只有你这么想吧！反正他们拿来了凿子,使用暴力打开了柜门。他们损坏了房子的结构,而我要负责修缮。"

"哦,你想想,那是因为你就是不肯把钥匙给他们……"

"我为什么要给他们钥匙？这是我的钥匙。我个人的钥匙。这也是我的私人房间。我对警察说了这是我的私人房间,不许进来,可他们偏要进来。"

"嗯,不管怎么说,尼科莱蒂斯夫人,你要记得这里发生了谋杀案。这样一个案子发生之后,难免会遇到一些在平时看来令人非常不悦的事情。"

"谋杀案,我呸！"尼科莱蒂斯咒骂道,"那个小西莉亚她是自杀的。她情场受挫,然后自己服毒了。这类事情时有发生。她们面对爱情时太愚蠢了,那些姑娘,好像爱情多么重要似的！一年,或是两年,轰轰烈烈的感情就烟消云散了！男人还是那样,和其他男人没什么不同！但是那些愚蠢的姑娘对此一无所知。她们有的吃安眠药,有的喝消毒剂,还有的打开煤气开关,然而已经太迟了。"

"哦。"哈伯德太太又把话题引了回来,回到一开始说的,"现在,对此我不用再担心了吧。"

"你是万事大吉了。而我,不得不担忧。我从此不再安全了。"

"安全？"哈伯德太太吃惊地看着她。

"这是我的私人橱柜。"尼科莱蒂斯太太强调道，"本来没人知道我的私人橱柜里装了什么。我也不想让他们知道。而现在他们一清二楚了，我非常不安。他们可能会想……他们会想些什么呢？"

"你说的'他们'是指谁？"

尼科莱蒂斯太太耸了耸她那宽大健壮的肩膀，脸色阴沉。

"你不明白，"她说，"这令我不安。非常不安。"

"你最好跟我说说，"哈伯德太太说，"这样我有可能帮得上你呢。"

"谢天谢地我不在这儿住。"尼科莱蒂斯太太说，"所有这些门锁都长得太像了，一把钥匙就能打开任何一扇门。不，感谢上帝，我不在这儿住。"

哈伯德太太说："尼科莱蒂斯夫人，如果你在害怕什么，相比自己担惊受怕，告诉我不是更好吗？"

尼科莱蒂斯夫人用她那乌黑的眼睛瞟了她一眼，又看向了别处。

"你自己说过了，"她闪烁其辞道，"你说这栋房子里发生了一起谋杀案，因此一个人会感到不安很自然。下一个被杀的会是谁？我们甚至不知道凶手是谁。这全是因为那些警察太无能，或许他们被人收买了。"

"你知道这是无稽之谈。"哈伯德太太说，"告诉我吧，你感到焦虑的真正原因是什么……"

尼科莱蒂斯夫人勃然大怒。

"啊，你认为我焦虑不安是毫无理由的吗？你一向知道怎么做最好！你什么都知道！你表现得太好了。你提供饮食、负责管理，在食物上面的花销如流水一般，好让学生们都喜欢你，现在你倒来管起我的事来了！但在这点上行不通！我自己掌控自己的事，没人能插手，你听见没有？休想！你这个包打听太太。"

"随你的便。"哈伯德太太被惹火了。

"你是个间谍，我早就知道了。"

"我侦察什么了？"

"没有。"尼科莱蒂斯夫人说，"这儿没什么可侦察的。如果你觉得有什么，那也都是你编出来的。假如有人编造关于我的谎话，我会知道是谁传出去的。"

"你要是想让我走的话，"哈伯德太太说，"你只管说就好了。"

"不，你不能走。我不允许你走。这个节骨眼儿上你可不能走。当前这堆关于警察、谋杀什么的事全摆在我面前，我不许你抛下我不管。"

"哦，好吧。"哈伯德太太无奈地说，"但我真的很难搞清楚你想要什么。有时我觉得你自己也不知道。你最好躺在我的床上睡个觉……"

第十三章

赫尔克里·波洛在山核桃大街二十六号下了出租车。

杰罗尼莫给他开了门,并像老朋友一样欢迎他。有一位警员站在大厅里,杰罗尼莫把波洛带到餐厅,关上了门。

"太可怕了。"他一边帮波洛脱下外套一边低声说道,"警察成天都在这里!问话,这儿看看那儿看看,检查检查橱柜,翻翻抽屉,就连玛丽亚的厨房都去过了。玛丽亚非常生气,她说想用擀面杖揍警察,我说最好别么做。我还说警察可不喜欢被人用擀面杖打,假如玛丽亚打了他们,我们的处境会变得更糟。"

"你做得对。"波洛赞许地说,"哈伯德太太有空吗?"

"我带您上楼去见她。"

"稍等一下。"波洛叫住了他,"你还记得有一天电灯泡不见了吗?"

"哦是的,我记得。不过那是很久以前的事了。一两……三个月前吧。"

"究竟是什么电灯泡被人拿走了?"

"大厅里的一只,我想是在公共休息室。有人开了个玩笑,把所有的灯泡都取下来了。"

"你不记得确切的日期了吗?"

杰罗尼莫摆出苦思冥想的样子。

"我记不起来了。"他说,"但我想是在警察来的那一天。是二月的某一天吧……"

"警察?警察来这儿干什么?"

"为了一个学生来这儿找尼科莱蒂斯夫人。是个非常恶劣的学生,来自非洲。没有工作。他去职业介绍所骗取国家救助,后来又找了个女人,让女人出去和别的男人鬼混来养活他。恶劣至极。警察可不能容忍这样的事。我想所有这些事都发生在曼彻斯特或谢菲尔德,他从那边逃来了这里。然后警察追寻至此并告诉了哈伯德太太他的事。没错。哈伯德太太说他没在这儿停留,因为他们不喜欢他,就把他赶走了。"

"我知道了。于是他们在全力搜捕他。"

"不好意思,您说什么①?"

"他们试图找到他,对吗?"

"对,是的,正是如此。后来他们找到了他,把他关进了监狱,因为他靠女人养活,而且是靠女人去做不该做的事养活。这是栋体面的房子,可容不得那种人在这儿。"

"丢失电灯泡就是在那一天吗?"

"是的。我打开了开关但是没有反应。然后我来到公共休息室,发现灯泡不见了,我又从抽屉里找备用的,发现灯泡都被人拿走了。于是我下楼去厨房问玛丽亚知不知道备用灯泡在哪儿,她大怒,因为她不喜欢警察来。她说备用灯泡的事不归她管,所以我只好拿来了蜡烛。"

波洛一边琢磨着这件事,一边跟随杰罗尼莫上楼,来到了哈伯德太太的房间。

---

①原文为意大利语。

哈伯德太太热情地欢迎波洛,不过她看上去疲惫不堪。她马上拿出一张纸递给波洛。

"波洛先生,我已经尽我所能把那些事件按照适当的顺序写了下来,但我不敢说百分之百准确无误。您要知道,要想回忆起一个多月之前的事,记得这件事、那件事或者其他什么事发生的时间有多么困难。"

"太太,我对您感激不尽。尼科莱蒂斯夫人怎么样了?"

"我给她服了镇静剂,希望她现在还睡着。她为了搜查的事大惊小怪。她不同意打开她房里的橱柜,警官就把门砸开了,无数个空白兰地酒瓶滚了出来。"

"啊!"波洛圆滑地回应了一声。

"这说明了很多的问题。"哈伯德太太说,"我真的无法想象为什么我之前没想到,我在新加坡看到的酗酒的事多了去了。不过我敢肯定,您对所有这类事都不会感兴趣的。"

"我对每件事都感兴趣。"波洛说。

他坐下来,开始研究哈伯德太太递给他的那张纸。

"啊!"过了一会儿,他说,"我看到现在是帆布背包排在清单的最前面。"

"是的。那件事无关紧要,但我现在确实想起来了,非常确定,它发生在首饰那类东西失窃之前。这事和我们一个有色人种学生造成的麻烦搅和在一起了,他是在事发一两天前离开的。我记得当时我还以为那是他临走时对我们的报复呢。这算是,嗯……一点儿小麻烦吧。"

"啊!杰罗尼莫跟我说了那件事。你叫警察过来了,是吗?"

"是的。好像是从谢菲尔德还是伯明翰或者其他地方来的。就是一桩丑闻,涉及不道德收入一类的事情。后来那名学生被传唤出庭受审。事实上，他只在这里住了三四天，我看不上他的一举一动和做事的方式，就告诉他必须离开，他的房间被人预订了。警察打电话来的时候我真是一点都不惊讶。当然，我没能告诉警察他的去向，不过他们还是顺利地追踪到了他。"

"那你发现背包的事是在那之后吗？"

"是的，我想是吧……太难记起来了。您知道吗，那时伦恩·贝特森正准备搭便车去旅行，却怎么都找不到他的背包了。他为此大呼小叫，号召每个人都到处去找。最后是杰罗尼莫发现背包被塞在了锅炉后面，剪成了碎布条。发生了如此奇怪的事，多么稀奇古怪而且毫无意义啊，波洛先生。"

"是啊，"波洛表示同意，"奇怪且无聊。"

他思索了一会儿。

"警察来盘问那个非洲学生和电灯泡不见了发生在同一天，杰罗尼莫是这么跟我说的。是吗？"

"哦，我真是记不清了。对，是的，我想您说得对，因为我记得我和警察下楼来到公共休息室时里面是点着蜡烛的。我们想问阿基博姆博那个年轻人有没有跟他说什么或者告诉他打算在哪儿安身。"

"当时还有谁在公共休息室里？"

"哦，我想大多数学生那时候都已经回来了。那是晚上了，跟您说，大概刚六点。我问杰罗尼莫灯泡的事，他说被人拿走了。我问他为什么不换一个上去，他说我们的灯泡正好用完了。这听起来像是个愚蠢无聊的玩笑，我相当生气。我只当是个玩笑，没想过是被人偷了。让我感到惊讶的是没有多余的电灯泡了，因为我们一向囤积着相当多的备用灯泡。但当时我仍然没把它当回事，波洛先生，在那时我并没在意。"

"灯泡和背包。"波洛若有所思地说。

"在我看来，"哈伯德太太说，"这两件事和可怜的小西莉亚犯的错可能没什么关联。您记得吧，她强烈否认自己曾经碰过那只背包。"

"是的，没错，确实如此。那之后多久，偷窃就开始陆续发生了？"

"哦亲爱的波洛先生，您可想象不到要回想起所有这些事有多难。让我想想……是在三月？不，是二月……二月底。是的，没错，我记得一周之后吉纳维芙说她的手镯丢了。对，是在二月二十日至二十五日之间。"

"从那以后偷窃事件就不停地发生？"

"是的。"

"这个背包是伦恩·贝特森的吗？"

"是的。"

"那他为此大为光火了？"

"呃，您可不该这么想，波洛先生。"哈伯德太太微笑道，"您要知道，伦恩·贝特森是个好脾气的小伙子。他热心肠、慷慨大方、有容人之量，但就这一次，他火冒三丈，直接发了脾气。"

"那个背包有什么……特殊的地方吗？"

"哦没有，不过是普普通通的样式。"

"能找一个相似的给我看看吗？"

"哦，当然可以。我记得科林正好有一个很像的，奈杰尔也有一个。实际上伦恩后来又去买了一个——不得不买。学生们通常都在街道尽头那家商店买。那家店是购买各种露营装备和背包客用品再好不过的地方。短裤、睡袋，所有这类东西。而且非常便宜,比随便哪家大商店都便宜得多。"

"我能看看其中的一个背包吗,太太?"

哈伯德太太礼貌地把他带进科林·麦克纳布的房间。

科林本人没在里面。哈伯德太太打开衣柜,弯腰拿出一个背包,交给了波洛。

"给您,波洛先生。这个和丢了、然后被我们发现剪得稀碎的背包几乎一模一样。"

"把这个剪碎可得费点劲。"波洛指着背包,一边观察一边低声说道,"绣花剪刀应该是剪不动的。"

"哦是的,很难想象是个女孩子干的。我觉得必须要有相当大的力气才行。力气大,还有……呃,怀有恶意,对吧?"

"我明白,是的,我明白。这有点令人不快,想想就觉得别扭。"

"后来,我们找到瓦莱丽的丝巾时发现也被剪成了碎片。哦,这看起来,怎么说呢……太不正常了。"

"啊,"波洛说,"不过我认为您错了,太太。我觉得关于这个案子没什么不正常的。我想一切都是有目标和企图的,也可以说是有条理的吧。"

"哦,我敢说波洛先生您对这类事比我懂得多。"哈伯德太太说,"只能说我不喜欢那种事。在我看来,我们这儿有一群非常优秀的学生,而一想到他们中的某一个……呃,并不像我想象的那样,我就会非常苦恼。"

波洛信步走到窗边。他打开窗户走到了老式阳台上。

这个房间面朝房子后方,下面是一个灰暗的小花园。

"要我说,这儿可比前面安静多了,对吧?"他说。

"某种意义上是这样的。但是山核桃大街也不是一条喧哗的街道,晚上这一侧到处都是猫,不停地叫唤。还有把垃圾桶盖踢掉的声音。"

波洛向下看了看那四个破旧不堪的大垃圾桶,还有堆在后院的垃圾。

"锅炉房在哪里?"

"那边是门,装煤的屋子的旁边。"

"我知道了。"

他俯视着,思索起来。

"还有谁的房间也朝这一边?"

"奈杰尔·查普曼和伦恩·贝特森的房间挨着这间。"

"再往那边呢?"

"那就是另一边了,姑娘们的房间。第一间是西莉亚的,再过去是伊丽莎白·约翰斯顿的,然后是帕特丽夏·莱恩的。瓦莱丽和吉恩·汤姆林森的房间朝向另一边。"

波洛点了点头,回到了房间里。

"这个年轻人可真爱干净。"他喃喃道,赞许地看着四周。

"没错,科林的房间总是非常整洁。不像有些男孩子,住的地方乱成一团。"哈伯德太太说,"你应该看看伦恩·贝特森的房间。"她又宽容地补充了一句,"不过他是个不错的小伙子,波洛先生。"

"你说这背包是从街道尽头的商店买的?"

"是的。"

"那家店叫什么名字?"

"波洛先生,你现在问我这类事我真的想不起来了,我猜是马伯利……或是别的,比如凯尔索。哦,我知道听起来它们不像同一类名字,但在我的印象里基本属于一类。真的,当然,我记得有人曾经说过凯尔索，也有人说过马伯利，太像了。"

"啊，"波洛说，"这正是事物总能使我着迷的原因之一。看不见的关联。"

他又朝窗外看了一眼，然后下楼来到公园。之后他与哈伯德太太告别，离开了这栋房子。

他沿着山核桃大街一直走到拐角，接着转入主路。他没费什么力气就认出了哈伯德太太描述的那家商店。店里摆着各式各样的商品，野餐篮子、帆布背包、暖瓶、各类运动装备、短裤、军装式衬衫、遮阳帽、帐篷、游泳套装、自行车灯和手电筒。事实上，年轻人和运动爱好者喜爱的东西应有尽有。他注意到商店的名字既不是马伯利，也不是凯尔索，而是希克斯。仔细研究过橱窗里展示的商品之后，波洛迈步走了进去，他说想给侄子买个帆布背包，当然侄子是虚构的。

"他要去露营，你听得懂吗？"波洛尽可能用异国腔调说话，"他要和同学去徒步旅行，得背着全部的所需之物，有汽车或卡车经过的话可以让他搭车。"

店主是个热情的小个子男人，淡茶色的头发。他快言快语地作出了回答。

"是搭顺风车旅行啊，"他说，"现如今非常流行。不过公共汽车和火车系统一定损失了很多钱，有些年轻人直接搭便车环游欧洲。先生您想要一个背包，是要普通的那种吗？"

"我想是吧。你这儿有很多种吗？"

"嗯，我们还有一两种专门为女士设计的包，比较轻便，不过这个是我们卖得最多的样式，质量好、结实耐用。虽然我自己这么说不太好，但它确实非常便宜。"

他拿出一个结实的帆布包，据波洛判断，和在科林房间里看到的那个一模一样。波洛查看了一番,问了几个不着边际、无关痛痒的问题,然后当即付了钱。

"啊,这个款式我们卖出去了很多呢。"店主边往袋子里装背包边说。

"有许多学生在这附近寄宿吗?"

"是的,这周围有很多学生。"

"有一个宿舍,我记得是在山核桃大街……"

"哦是的,我卖过几个包给那里的先生们,还有年轻的女士。他们经常在出发之前来我这里买所需的装备,我们的价格可比那些大商店便宜,我也是这么跟他们说的。先生,给您,相信您的侄子用了一定会非常满意。"

波洛向他道了谢,拿着包走了。

他刚走出去一步,一只手便搭在了他的肩膀上。

来人是夏普督察。

"我正想找你呢。"夏普说。

"对房子的搜查结束了吗?"

"已经搜完了那栋房子,但我想并没有太多收获。前面有一个地方,那儿的三明治做得不错,可以再来杯咖啡。如果你有空的话跟我一起去吧,我有话要跟你说。"

那家三明治小店里几乎空无一人,两个人拿着盘子和杯子坐在角落里的一张小桌子旁。

夏普讲述了向学生们问话的结果。

"唯一有证据指向的人是年轻的查普曼。"他说,"但有关他的证据也太多了。他经手了三种毒药!但我没理由认为他对西莉亚·奥斯汀怀有敌意,而且我怀疑,假如他真的有罪,他对自己的行为还会不会如此坦率。"

"不过这也引出了其他的可能性。"

"是的，所有那些毒药就那么胡乱地放在抽屉里。真是头小蠢驴！"

他又谈到伊丽莎白·约翰斯顿，还有西莉亚对她说的话。

"如果她说的是真的，就事关重大了。"

"确实严重了。"波洛表示赞同。

警官引述道："'我明天就会知道得更清楚了。'"

"于是，那个可怜的姑娘再也没能等到明天。你搜查了那栋房子，有什么发现没有？"

"有那么一两件事……怎么说好呢？可能有些出乎意料。"

"比如说？"

"伊丽莎白·约翰斯顿是一名共产党员，我们找到了她的党员证。"

"这样啊……"波洛若有所思地说，"这可真有意思。"

"真是意想不到啊。"夏普督察说，"直到昨天我问了她才知道。这个姑娘个性十足。"

"我想她大概是一名重要的新党员。"赫尔克里·波洛说，"我想这个年轻女人有着非同一般的智商。"

"这引起了我的兴趣。"夏普督察说，"因为她从没明显地表现出对共产党的拥护，在山核桃大街一直不动声色。我没发现她与西莉亚·奥斯汀的案子有任何有意义的关联，不过我想说，这件事得先记下来。"

"你还有什么别的发现吗？"

夏普督察耸了耸肩。

"帕特丽夏·莱恩小姐，我们在她的抽屉里发现了一条沾满了绿墨水的手帕。"

波洛眉头一皱。

"绿墨水？帕特丽夏·莱恩！这么说有可能是她把墨水洒在了伊丽莎白·约翰斯顿的论文上，然后擦了手。然而无疑……"

"无疑她不愿意让心爱的奈杰尔受到怀疑。"夏普接着把他的话说完。

"谁都会这么想。当然也许是有人把手帕放在了她的抽屉里。"

"很有可能。"

"其他的呢？"

"哦……"夏普想了一会儿，"莱纳德·贝特森的父亲似乎住在朗维斯精神病院，是那儿的患者。不过我觉得这里倒没有什么特别的意义，不过……"

"伦恩的父亲有精神疾病，如你所言，很可能没什么意义，但这一事实记住为好。以及他的狂躁行为有什么具体表现都是我们有兴趣去了解的。"

"贝特森是个不错的年轻人。"夏普说，"当然了，他的脾气有点……嗯，不加克制。"

波洛点点头。突然，他清晰地记起了西莉亚·奥斯汀说过的话——当然，背包不是我剪碎的，不管怎样那只是在发泄怒火。她是怎么知道那是在发泄怒火的呢？她看见伦恩·贝特森对着背包乱剪一通了吗？他把思绪拉回到现实，听见夏普咧嘴笑着说："……艾哈迈德·阿里有些极为色情的书籍和明信片，这也就解释了他为什么对搜查一事暴跳如雷。"

"毫无疑问，有众多人反对吧？"

"我必须说确实有不少。一个法国姑娘几乎发了疯，还有个印度人，钱德拉·拉尔先生，威胁要把这件事宣扬成国际事件。

我们从他的物品里搜出了几本宣传颠覆活动的小册子,都是普通的半成品。还有个西非人,有一些相当恐怖的纪念品和信物。没错,一张搜查证很容易揭露人性中独特的一面。你听说尼科莱蒂斯夫人和她的私人橱柜的事了吧?"

"是的,我听说了。"

夏普督察微微一笑。

"我这辈子还从没见过那么多的空白兰地酒瓶!而且她像发了疯一般地对待我们!"

他哈哈大笑,然后突然变得严肃起来。

"然而我们并没有找到我们要找的东西。"他说,"护照都确确实实是合法的。"

"很难想象会有人放个假护照在那里等着你去找,我的朋友。你从来没以检查护照的名义去访问过山核桃大街二十六号吗?比如说,在最近的六个月里?"

"没有。我来告诉你仅有的几次拜访那里的经历吧,在你提到的这段时间里。"

他详细地说了一遍。波洛皱着眉头听着。

"这些都毫无意义。"他说,然后摇了摇头,"只有从头开始,才能将事情调查清楚。"

"从头是指从哪里,波洛?"

"帆布背包,我的朋友。"波洛轻轻地说,"背包。所有事件都是从一个背包开始的。"

第十四章

1

尼科莱蒂斯夫人顺着楼梯从地下室里走了上来,她刚刚在那里大获全胜,把杰罗尼莫和喜怒无常的玛丽亚彻底激怒了。

"骗子和小偷。"尼科莱蒂斯夫人得意扬扬地说,"所有的意大利人都是骗子和小偷!"

哈伯德太太正在下楼,发出了一声短促而为难的叹息。

"真要命,"她说,"偏偏在他们做晚饭的时候把他们惹火了。"

哈伯德太太张开嘴想要反驳,不过还是抑制住了。

"下个星期一我还会像往常一样过来的。"尼科莱蒂斯夫人说。

"好的,尼科莱蒂斯夫人。"

"还有,请派人把我橱柜的门修好,这是星期一早上首先要做的事。修缮的费用让警察付,你明白吗?让警察付。"

哈伯德太太面露难色。

"另外,我想在那个黑洞洞的走廊里安个新电灯泡,亮点儿的,走廊太暗了。"

"您特意说过要在走廊里放个低瓦数的灯泡,出于经济考虑。"

"那是上星期的事。"尼科莱蒂斯夫人厉声说道,"现在嘛,不一样了。有时走在那里我会不禁回头看,我想知道'有谁在跟着我吗'?"

哈伯德太太想知道她的雇主是在夸张地演戏,还是真的害怕什么事或什么人。尼科莱蒂斯夫人有夸大其辞的习惯,以至于经常难以分辨她说的话可信度有多高。

哈伯德太太半信半疑地问:"您确定要一个人回家吗?用不用我陪着您一起?"

"我告诉你,我回家要比在这儿安全!"

"那您究竟在怕什么?如果您能告诉我,也许我能——"

"这不关你的事,我不会告诉你的。我真是受不了你总是不停地问来问去。"

"对不起。我确信——"

"我惹你不高兴了?"尼科莱蒂斯夫人满脸堆笑,"我脾气暴躁,说话粗鲁,是的。但我有很多烦心事。请记住我信任你,都指望着你呢。没有你我该怎么办,亲爱的哈伯德太太?我真是不知道。瞧,我给你一个飞吻。周末愉快。晚安。"

哈伯德太太看着她从前门出去,在她身后把门拉上了。哈伯德太太相当无奈地说了句"哎,真是的!",以此排遣自己的情绪,然后转身朝厨房的楼梯走去。

尼科莱蒂斯夫人从房前的台阶上走下来,穿过大门向左一转。山核桃大街是条相当宽的马路,路边的房子前都有各自的花园。路的尽头,从二十六号走几分钟就能到伦敦的主干道之一上。大街上车来车往,红绿灯竖立在道路尽头,街角还有个叫"女王的项链"的酒吧。尼科莱蒂斯夫人走到人行道中间,时不时紧张地回头看,但她后面根本没人。山核桃大街今天晚上显得格外荒凉。快走到"女王的项链"时,她的脚步稍微加快了一些,并又一次环顾四周,然后做贼似的闪进了酒吧。

喝下了两杯白兰地后,她的精神恢复过来了,不再像之前那么恐惧不安了。但是她对警察的厌恶一点都没有减少。她低声嘟囔道:"盖世太保!我要他们赔偿我的损失。没错,要他们赔偿!"接着将杯中酒一饮而尽,并又要了一杯,开始郁闷地回想最近发生的事情。倒霉啊,真是太倒霉了,警察本不该那么聪明的,竟然发现了她秘密贮藏的东西。现在要指望这件事不在学生和其他人之间到处传扬应该是不太可能了。或许哈伯德太太会守口如瓶,或许不会,一个人真能相信别人吗?这件事早晚会闹得满城风雨。杰罗尼莫知道了,他很可能已经告诉他的妻子了。而他妻子会跟女清洁工说,这样继续传扬下去,直到——她猛然惊起,因为有人在后面对她说话。

"怎么,尼克①夫人,我还不知道您是这里的常客呢?"

"哦,是你啊,"她说,"我还以为……"

"您以为是谁呢?大灰狼吗?您喝的是什么?我再请您喝一杯。"

"都是因为有些担忧。"尼科莱蒂斯夫人泰然自若地解释道,"那些警察搜查了我的房子,把每个人都搅得心烦意乱。我脆弱的心脏啊。我不得不当心自己的心脏,我不太喜欢喝酒,但我真的感觉有点晕,我就想喝一小杯白兰地……"

"没什么能比得上白兰地了。给您。"

尼科莱蒂斯夫人又待了一会儿,就离开了"女王的项链"。

---

①尼克是尼科莱蒂斯的昵称。

这时她感到精神焕发、喜气洋洋。她决定不乘公共汽车了，对她来说这是个美好的夜晚，呼吸呼吸新鲜空气是有好处的。是的，新鲜空气对她一定是有好处的。她只是有点走路不稳，但也并没太觉得脚步跟跟跄跄。也许应该明智地少喝一杯白兰地，不过新鲜空气很快就会让她头脑清醒的。毕竟，为什么一个女士就不能时不时地在她自己的房间里偷偷地喝点酒呢？这有什么错吗？她几乎从没让别人见过醉醺醺的样子。醉醺醺？当然了，她从来没醉过。不管怎样，如果有人对此不以为然，如果他们说三道四，她会立马让他们走人！她知道一两件事，不是吗？如果她想口无遮拦的话！尼科莱蒂斯夫人如要战斗一般甩了一下头，突然转身，躲开了出现在她前方、可能会给她带来危险的邮筒。毫无疑问，她已经有点头昏眼花了。也许她只需要斜靠着墙待一会儿？假如她闭一会儿眼睛……

2

博特警员正大摇大摆地在街上走着，脚步铿锵有力、节奏分明。一个看起来有点胆怯的职员上来搭话。

"这里有个女人，警官。我实在是……她好像病倒了或是怎么了，躺在地上缩成一团。"

博特警员大步流星地朝那个方向走去，然后弯腰去看那个躺在地上的人。一阵强烈的白兰地香气证实了他的猜测。

"醉倒了。"他说，"她喝多了。好了，不用担心，先生，由我们来处理。"

3

赫尔克里·波洛刚吃完周日的早餐。他小心翼翼地擦去胡子上残留的巧克力渣,走进了自己的起居室。

桌上整齐地摆放着四个帆布背包,每个上面都贴着购物小票,都是乔治按照指示买来的。波洛从袋子里把他前一天买的背包取了出来,和那几个摆在一起。结果非常耐人寻味。他从希克斯先生那儿买的背包和乔治从多家店里买来的相比没有什么逊色之处,却明显便宜很多。

"真有意思。"赫尔克里·波洛说。

他目不转睛地看着这些背包。

接着他开始仔细检查。里里外外、上上下下地翻找,缝合处、口袋和提手也都摸索了一遍。然后他站起身来,走进浴室,回来时拿着一把锋利的小号鸡眼刀。他把从希克斯先生商店买的包从里向外翻了出来,用小刀划开包的底部,在内衬和底部之间有一块波纹硬衬,看上去还真有点像瓦楞纸。波洛饶有兴趣地看着这个被拆解的背包。

接下来,他又划开了其他几个背包。

最后他坐回原处,审视着这堆刚被他破坏了的东西。

他拿起电话,在短暂的等待后接通了夏普督察。

"听着,我的朋友,"他说。"我只想了解两件事。"

夏普督察那边传来了一阵大笑。

"我了解马的两件事,其中之一相当粗野。[①]"他说。

"你说什么?"赫尔克里·波洛惊讶地问。

[①] 出自英国小说家、剧作家内奥米·罗伊德·史密斯的一首诗,载于一九二八年的《周末读本》。

"没什么、没什么,只是我知道的一句诗。你想了解哪两件事?"

"你昨天提到,在近三个月里,有警察到山核桃大街去调查过。能告诉我他们去那儿的日期和具体时间吗?"

"好的。嗯,这个简单,都在档案里。稍等我去查查。"

督察没过多久就回到了电话前。

"第一次是为了调查印度学生散播反动宣传册,十二月十八日下午三点半。"

"这个隔得太久了。"

"关于欧亚混血人蒙塔古·琼斯的调查,他因与剑桥的爱丽斯·库姆被杀案有瓜葛而被通缉,是在二月二十四日下午五点半。关于威廉·罗宾逊,一个西非土著的调查,他被谢菲尔德警方通缉,是在三月六日上午十一点钟。"

"啊!谢谢你。"

"你是不是觉得这里边的哪个案子可能关系到——"

波洛打断了他。"不是的,没有关系。我只是对警察的调查时间感兴趣。"

"你在忙些什么呢,波洛?"

"我在仔细地分析背包,我的朋友。非常有意思。"

说完他轻轻地放下了听筒。

他从皮夹里拿出哈伯德太太前一天给他的那张修正过的清单,上面写着:

帆布背包(伦恩·贝特森的)

电灯泡

手镯(吉纳维芙的)

钻石戒指（帕特丽夏的）

粉盒（吉纳维芙的）

晚装鞋（萨莉的）

口红（伊丽莎白·约翰斯顿的）

耳环（瓦莱丽的）

听诊器（伦恩·贝特森的）

浴盐（？）

剪碎的丝巾（瓦莱丽的）

裤子（科林的）

食谱（？）

硼酸（钱德拉·拉尔的）

衣服上的胸针（萨莉的）

洒在伊丽莎白论文上的墨水

（我已经尽力而为了，不一定百分之百准确。L·哈伯德。）

波洛对着这张单子看了许久。

他叹了口气，喃喃自语道："是的……毫无疑问……必须排除无关紧要的事……"

接着他有了主意，要去找一个能助他一臂之力的人。今天是星期天，大多数学生都会待在家里。

他拨通了山核桃大街二十六号的电话，要与瓦莱丽·霍布豪斯通话。那边传来含糊不清的粗哑声音，说不知道瓦莱丽起没起床，不过答应去看看。

不一会儿，波洛听到了一个低沉沙哑的声音。

"我是瓦莱丽·霍布豪斯。"

"我是赫尔克里·波洛。你还记得我吗?"

"当然,波洛先生。您找我有什么事吗?"

"我有些话要跟你说,不知是否方便?"

"没问题。"

"我这就过去,到山核桃大街,可以吗?"

"好。我等着您。我让杰罗尼莫把您带到我的房间吧,星期天这里没有太多的私人空间。"

"麻烦你了,霍布豪斯小姐。非常感谢。"

杰罗尼莫动作夸张地为波洛打开门,像之前一样神秘兮兮地向前探出身子搭话。

"我悄悄地带您上去找瓦莱丽小姐。别出声,嘘,嘘。"

他把一根手指竖在嘴唇上,领着波洛上楼,来到一个可以俯视山核桃大街的宽敞房间。这是间卧室兼起居室,布置得很有品位,不过分奢华。沙发床上铺着一条略显陈旧但很漂亮的波斯毯,屋里还有一个安妮女王时期的胡桃木衣柜。波洛判断那不可能是山核桃大街二十六号原有的陈设。

瓦莱丽·霍布豪斯站在那儿欢迎他的到来。波洛发现她面带倦容,眼睛周围还有黑眼圈。

"你这里真不错,"波洛边和她打招呼边说,"很别致,很有情调。"

瓦莱丽莞尔一笑。

"我在这里住了有段时间了。"她说,"有两年半,快三年了。我已经基本安顿下来了,还为自己添置了一些东西。"

"你不是学生,对吗小姐?"

"哦不是,我工作了。"

"在一家……化妆品公司,是吗?"

"是的。我是塞布丽娜女神——一家美容院的采购员。实际上我还有一小部分股权。除了美容医疗以外,我们还出售一定量的周边商品,类似附属品的东西。巴黎的小纪念品什么的也在我们的经营范围内。"

"这么说你经常到巴黎和欧洲大陆去?"

"哦是的,大概一个月一次,有时会更频繁。"

"还请你多多包涵,"波洛说,"假如我表现得太好奇了的话——"

"这有什么关系?"她打断了他,"现在这种情况下,必须要容忍别人刨根问底。昨天我回答了夏普督察一连串的问题。波洛先生,相比于矮扶手椅,您好像更喜欢坐在直背椅上。"

"你的洞察力很敏锐,小姐。"波洛小心翼翼、稳稳当当地坐在一把带扶手的高靠背椅上。

瓦莱丽坐在长沙发椅上。她递给波洛一支香烟,自己也拿了一支点着了。波洛集中注意力端详着她。她显现出一丝焦虑,还有几分野性的优雅,在他看来这比单纯的传统意义上的美貌更有吸引力。他心想,这是个聪明且有魅力的年轻女人。他想知道她此时的焦虑是近来的调查引起的,还是她性格中天生的一面。他回忆起赴宴的那个晚上就对她有过相同的猜测。

"夏普督察对你进行了询问?"波洛问道。

"没错,确有此事。"

"那你把所有知道的事都跟他说了?"

"当然。"

"我在想,"波洛说,"是否真是那样的?"

她面带嘲讽地看着他。

"您并没有听到我是如何回答夏普督察的,可能难以下断言吧。"她说。

"啊，没错，这只是我的一个小小的猜测。你知道吧，我有很多……小的想法。它们装在这里。"他轻轻拍了拍脑袋。

显而易见，波洛又像往常一样故意使出了他的江湖骗术。然而瓦莱丽没有笑，她径直看向他，突然问了一句。

"波洛先生，我们能不能直奔主题？"她问道，"我不太清楚您来这儿的目的是什么。"

"当然了，霍布豪斯小姐。"

他从兜里掏出个小袋子。

"或许你可以猜一猜，我来这儿做什么？"

"我的眼睛又不会透视，波洛先生。从纸和包装我看不太出来。"

"这是……"波洛说，"帕特丽夏·莱恩被偷的戒指。"

"那枚订婚戒指？我是说她母亲的订婚戒指？为什么会在您手上？"

"我问她借用一两天。"

瓦莱丽又吃了一惊，眉毛都翘到额头上去了。

"这样啊……"她说。

"我对这枚戒指比较感兴趣，"波洛说，"对它的不翼而飞，对它的失而复得以及其他相关的事都感兴趣。因此我请求莱恩小姐把它借给我，她爽快地答应了。我直接把它拿到一个珠宝商朋友那里去了。"

"是吗？"

"我请他对上面的钻石做个鉴定。如果你还记得的话，有一颗相当大的宝石，旁边镶嵌着一些小宝石。你还记得吧，小姐？"

"我想是吧。我真的记不太清楚了。"

"但你碰过它，不是吗？是在你的汤盆里发现的。"

"就是这么失而复得的！哦对，我想起来了。我差点儿吃下去了。"瓦莱丽短促地笑了一声。

"如我所言，我把戒指拿到我的珠宝商朋友那里，问他是怎么看这颗钻石的。你知道他是怎么回答的吗？"

"我怎么会知道？"

"他回答说这颗宝石不是钻石，只不过是颗锆石。一颗白锆石。"

"哦！"她睁大眼睛看着他，用半信半疑的语气接着说，"您的意思是，帕特丽夏以为那是颗钻石，但只是锆石或者……"

波洛摇了摇头。

"不，我不是这个意思。据我所知，这是帕特丽夏·莱恩母亲的订婚戒指。帕特丽夏·莱恩小姐是个出身不错的年轻姑娘，那么我认为，她周围的人，当然在最近的征税之前，家境都是非常殷实的。在那个阶层中，小姐，花费重金买一枚订婚戒指，钻石戒指或镶嵌其他珍贵宝石的戒指是很正常的。我很确定莱恩小姐的爸爸一定会送给她妈妈一枚贵重的订婚戒指，只可能是这样。"

"就这点而言，"瓦莱丽说，"我太同意您的看法了。我记得帕特丽夏的父亲是个小乡绅。"

"所以说，"波洛说，"看起来戒指上的宝石一定是后来被人用其他石头替换了。"

"我猜，"瓦莱丽慢慢地说，"帕特把上面的宝石弄丢了，又买不起钻石装上去，就用锆石代替了吧。"

"有可能。"赫尔克里·波洛说，"但我认为事实并非如此。"

"哦，波洛先生，假如让您猜测的话，您认为是怎么回事？"

"我认为，"波洛说，"戒指被西莉亚小姐拿走了，在物归原主之前，钻石被人故意取下来，并用锆石代替了。"

瓦莱丽坐得笔直。

"您认为是西莉亚偷走了钻石？"

波洛摇了摇头。

"不，"他说，"我认为是你偷的，小姐。"

瓦莱丽·霍布豪斯瞬间屏住了呼吸，说："啊，怎么会！"她惊叹道，"您这么说我太过分了，而且您没有任何证据。"

"不。"波洛打断了她的话，"我有证据。戒指被人放在了汤碗里，而我那天晚上在这儿吃的晚餐，我注意到汤是怎么端上来的。是从靠墙的桌子那边，盖着碗盖端上来的。因此，会发现戒指在汤碗里的人只有两种可能，一是把汤端上来的人——这种情况下就是杰罗尼莫，二是那只汤碗的主人。我认为不是杰罗尼莫，而是你！我认为是你自导自演了把戒指放进汤里归还的好戏，因为这样做让你觉得有趣。如果让我对这出戏做个评论的话，你真是太具备表演的天赋和幽默感了。你举起了那枚戒指，惊叫起来！我认为你完全沉浸在自己的幽默感里了，小姐，而没有意识到这么做恰恰暴露了自己。"

"就这些吗？"瓦莱丽轻蔑地说。

"哦，不，绝不止这些。你看，那天晚上西莉亚承认是她偷了那些东西时，我注意到几个小问题。在谈到戒指时她是这么说的。'我没意识到它那么贵重，当我知道以后就立刻想办法还回去了。'她是怎么知道的呢，瓦莱丽小姐？是谁告诉了她那枚戒指如此贵重？还有，在提到剪碎的丝巾时，小西莉亚小姐是这么说的。'这没关系，瓦莱丽不会介意的……'为什么质量这么好的丝巾被人剪成了碎片你却能毫不在意呢？那时我就有了一种感觉，整个偷窃事件，伪装成偷窃癖吸引科林·麦克纳布的注意，这些都是有人帮西莉亚想出来的。一个智商比西莉亚高得多且精通心理学的人。是你告诉她戒指非常值钱，是你从她手里把戒指拿走，又安排了归还的把戏。同样，建议她把你的丝巾剪成碎片的也是你。"

"你说这些都空口无凭，"瓦莱丽说，"而且是根本站不住脚的言论。警官已经暗示过我，说西莉亚搞的那些把戏是我给出的主意。"

"那你是怎么跟他说的呢？"

"我说那是无稽之谈。"瓦莱丽说。

"对我你又会怎么说呢？"

瓦莱丽用锐利的目光打量了波洛几秒钟，然后她短促地笑了一声，按灭了香烟，在身后放了个垫子，靠了上去。她说："您说的非常正确，是我给她出的主意。"

"我想问问为什么？"

瓦莱丽不耐烦地说："哦，纯粹是出于愚蠢的好意。是我大发善心、多管闲事了。西莉亚像丢了魂似的，她精神恍惚，她想念着科林，而科林从没注意过她。完全是在犯傻。科林是那种自负固执的年轻人，注意力全集中在心理学、复合物、情绪障碍那类问题上，我觉得起他的哄、取笑他简直太好玩了。总之，看到西莉亚那么痛苦我非常难受，因此我想助她一臂之力。我数落了她一顿，大概讲了一下整个计划，然后催促她去实施。我觉得她对待这件事时太紧张了，但同时也相当兴奋。然后，当然，这个小傻瓜做的第一件事就是顺走了帕特落在浴室的戒指，一件货真价实的珠宝，这必然会引起轩然大波，还会把警察招来，那样整件事的性质就变了。于是我把戒指夺了过来,对她说我会用某种方法把它还回去,并劝她以后只拿些人造珠宝或化妆品,或者对我的东西搞点小破坏就好了,这样就不会给她惹来麻烦。"

波洛深深地吸了一口气。

"和我想的完全一样。"他说。

"我现在真希望没帮她做过那些事。"瓦莱丽忧郁地说,"但我真的是出于好意。这么说很糟糕,和吉恩·汤姆林森没什么两样,但事实就是这样的。"

"那么现在,"波洛说,"我们来说说帕特丽夏的戒指吧。西莉亚把它交给了你,你要做的是让戒指在某个地方被找到,然后还给帕特丽夏。但是在物归原主之前,"他停顿了一下,"发生了什么事?"

波洛发现瓦莱丽很紧张,她捏着脖子上带流苏边的丝巾一角捻来捻去。他继续用更加循循善诱的语气说:"你手头比较紧,对吗?"

她没有抬头,只是轻轻地点了一下头。

"我全都说了吧,"她带着悔恨的语气说,"波洛先生,我的烦恼在于我是个赌徒。这是一种与生俱来的恶习,我身不由己。我参加了一家小型俱乐部,在梅菲尔区[①]——哦,我不能告诉你具体在哪儿,我可不想为那里被警察突袭之类的事情负责,我们只说到我是那儿的成员就够了。那里面有轮盘赌、百家乐,应有尽有,而我一把接一把地连续输钱。那时我拿了帕特的戒指,路过一家商店,里面卖锆石。我暗自寻思,假如用白锆石替换钻石,帕特永远都不会发现区别!人们对于自己十分熟悉的戒指往

[①]梅菲尔区是英国的贵族住宅区。

往不会太留意。如果钻石看上去不像往常那么亮了，人们只会认为是应该拿去清洗了之类的。好吧，我冲动了，我走入了歧途。我把钻石撬下来卖掉了，用一颗锆石替换。然后那天晚上，我假装从我的汤里找到了戒指。我也觉得我干了件可恶的蠢事。好了！现在您全都知道了。但老实说，我从没想过西莉亚会因此而受责备。"

"是，是，我理解。"波洛点点头，"你只是偶然碰到了个机会罢了。似乎毫不费劲，你就顺手牵羊了。但你犯了个严重的错误，小姐。"

"我意识到了。"瓦莱丽冷冷地说。接着她突然怏怏不乐地叫嚷起来："但是那又怎样！有什么关系吗？哦，你愿意的话就去告发吧。去告诉帕特，告诉警察，告诉全世界吧！不过那么做有什么好处？对查明谁杀了西莉亚有用吗？"

波洛站起身来。

"谁也说不好哪些有用哪些没用。"他说，"必须先要把无关紧要和混淆视听的事排除掉。对我来说，了解西莉亚做那些事的动机很重要。而我现在已经知道了。关于戒指嘛，我建议你自己去找帕特丽夏吧，告诉她你的所做所为，按照常理表达你的歉意吧。"

瓦莱丽满面愁容。

"可以说这大体上是个非常不错的建议。"她说，"好吧，我会去见帕特，并且向她赔礼道歉。帕特是个非常宽容的人。我会跟她说等我买得起钻石我就会归还钻石。波洛先生，您是希望我这么做吧？"

"不是我希望，是这么做才是明智之举。"

这时房门突然打开了，进来的是哈伯德太太。

她上气不接下气的,脸上的表情让瓦莱丽不禁大声问:"怎么了,妈妈?发生什么事了?"

哈伯德太太跌坐在椅子上。

"是尼科莱蒂斯夫人。"

"尼克夫人?她怎么了?"

"哦,我的天。她死了。"

"死了?"瓦莱丽尖叫出声,"怎么死的?什么时候?"

"似乎是昨晚有人在街上把她抬起来,送到了警察局。他们以为她……是……"

"喝醉了?我猜……"

"是的……她是喝了酒。但是总之……她死了……"

"可怜的老尼克夫人啊。"瓦莱丽说,她那沙哑的声音中带着些微颤抖。

波洛温和地说:"小姐,你很喜欢她,是吗?"

"说来也奇怪,她整个就是一个老恶魔。不过确实,我喜欢她……在我最初来这里时,三年前,她可不像……不像后来这样,变得喜怒无常。她是个不错的伙伴,谈吐风趣,热心肠。去年一年她改变得太多了……"

瓦莱丽看了看哈伯德太太。

"我想是因为她私下里开始酗酒了吧……他们在从她的房间里发现了许多酒瓶之类的东西,不是吗?"

"是的。"哈伯德太太有些犹豫不决,然后她突然大声说道,"都怪我啊,昨晚让她一个人离开了。您可知道,她在害怕什么事。"

"害怕?"

波洛和瓦莱丽不约而同地问道。

哈伯德太太难过地点了点头,温和的圆脸上布满愁容。

"没错。她一直在说她觉得不安全。我让她告诉我她在害怕什么,但她斥责了我。当然,你们都想象不到她表现得有多么夸张。但是现在,我怀疑……"

瓦莱丽说:"您不会认为她是……她也是……她被——"

她的话音戛然而止,眼中充满了恐惧。

波洛问道:"关于死因,他们是怎么说的?"

哈伯德太太悲伤地说:"他们……他们没说。要进行验尸,周二……"

第十五章

在苏格兰场一间清静的屋子里，四个人正围坐在桌子前。

主持会议的是缉毒队的怀尔丁警司，紧挨着他的是贝尔警长——他是个充满活力和乐观精神的人，就像一只急迫的猎犬。靠在椅子上的是夏普督察，他保持着沉默，却很警觉。第四个人是赫尔克里·波洛。

桌子上放着一个帆布背包。

怀尔丁警司若有所思地摸着下巴。

"波洛先生，这是个有趣的想法。"他谨慎地说，"没错，是个好想法。"

"如我所言，这仅仅是个想法。"波洛说。

怀尔丁点点头。

"我们已经勾勒出了事件的大致轮廓。"他说，"走私活动一直在进行，当然，包括一种或多种方式。我们清理了一批走私人员，但是隔一段时间之后又会有人在某些地方重新开始活动。就我所在的部门所掌握的情况来看，之前的一年半，有相当大量的毒品流入我们国家，主要是海洛因，还有一部分是可卡因。他们有多个据点，在欧洲大陆上星罗棋布。法国警察掌握了一两个关于怎样流入法国的线索，但他们不确定是怎样出境的。"

"要我说的话，"波洛说道，"你提及的问题是不是可大致分为三个部分，毒品分布的问题、如何运进国内的问题，以及谁是真正的幕后经营者并攫取主要利润的问题？"

"我认为基本上是这样的。我们掌握着相当数量的小规模分销商，并且知道毒品是如何传播的。目前已经把一些分销商关起来了，但对一些人欲擒故纵，期望可以利用他们钓来大鱼。传播有许多种渠道，夜总会、小酒馆、药房，或是利用临时医生、为时髦女人做衣服的裁缝和美发师。他们会在赛马场和古董商店交货，有时也在拥挤的连锁超市里。这些就无须我赘述了，这不是问题的关键所在，我们完全可以应对自如。关于我提到的大鱼，我们已经盯上了几个非常狡猾的嫌疑人。有一两个是相当令人尊敬的贵族绅士，他们从来没表现出一丝一毫的可疑之处。他们特别小心，从不亲自经手毒品，那些小角色甚至都不知道他们的身份。但等他们中一旦有人露出马脚，到那时，我们就可以出手了。"

"这些都正如我所预料的。我关注的最后一点是，毒品是如何流入我国的？"

"啊，我们是个岛国，因此最惯用的方式是海运，方法古老但有效。他们会安排海运，骑摩托艇秘密穿越英吉利海峡，悄无声息地在东海岸的某个地方或是南部的小海湾上岸。他们侥幸得逞，但我们迟早会掌握关于船主的线索，他一旦被我们盯上就再也没机会做坏事了。近来有一两次是通过飞机把毒品带进来的。其中牵涉大笔金钱交易，并且已证实偶尔有乘务员或机组人员没能禁得住诱惑。还有进口商参与其中，知名公司进口大钢琴，诸如此类！他们有时能顺利得手，但通常是我们技高一筹。"

"进行非法交易的首要难题是选择入境的口岸，这点你同意吗？"

"毫无疑问。另外我还要再说一点，一段时间以来我们一直有个担忧，毒品的流入速度超出了我们能够追查出来的速度。"

"那其他的东西呢，比如宝石？"

贝尔警长开口说话了。

"这方面的走私也是屡见不鲜，先生。钻石和其他宝石从南非和澳大利亚，有些是从远东，非法运出。这些东西源源不断地流入我国境内，但我们对流入的途径一无所知。前几天在法国，有个普通的年轻女游客，偶然结识了一个，对方问她能否帮她带一双鞋到英吉利海峡对面。不是新鞋，无须交税，不过是一双穿过的鞋。那姑娘丝毫没有怀疑就答应了。我们碰巧遇见了。掰开鞋跟，发现是中空的，里面装着未加工的钻石。"

怀尔丁警司说："那么我想问一下，波洛先生，让你起疑的是什么，毒品？还是走私宝石？"

"都有。实际上任何价值高、体积小的东西都有可能。在我看来，所谓的货运可能有漏洞，他们借此把我刚才说的那些东西运送于英吉利海峡两边。被盗的珠宝、取下来的宝石，都有可能被人带出英国。同样，宝石和毒品也能被带进来。这些也许是一个小型的独立中介干的，与分销无关，而是为了赚取毒品的佣金。利润可能非常高。"

"我觉得你说得太对了！价值一万或两万英镑的海洛因能包起来放进一个很小的空间里，未经加工的高级宝石也是如此。"

"你知道，"波洛说，"走私犯的弱点一般在于人的因素。早晚你会怀疑到一个人身上，可能是空乘、小型游艇爱好者、经常去法国旅游的女人、赚的钱似乎比合理收入要多的进出口商人或是谋生手段不为人所知却生活得不错的男人。然而，假如毒品是利用无辜的人带入我们国家的，或者更有甚者，每次利用不同的人,那么定位到那些东西的难度就大大地增加了。"

怀尔丁伸出一根手指,指向了背包。"这就是你所联想到的吗?"

"没错。当前最不容易被怀疑的是什么人?是学生。这些认真勤奋的学生。他们手里没多少钱,出行时没有太多的行李,只是背上行囊就能起身了。他们搭顺风车在欧洲穿行。如果有哪个学生一直带毒品进来,无疑你会对这个人有所察觉。而整个安排的精妙之处在于,这些携带者毫不知情,并且是很多不同的人。"

怀尔丁摸着下巴。

"波洛先生,你是怎么发现个中玄机的呢?"他问道。

赫尔克里·波洛耸了耸肩。

"还只是我的猜想罢了。很多细节上肯定有不对的地方,但我认为运作的模式大致是这样的:首先,在市场上投放一批背包。背包是很普通、很常见的那种类型,和其他背包完全没什么两样,做工精良、结实耐用的特点正符合它们的用途。我说'和其他背包完全没什么两样',实际上并不是那样。包底部的缝法稍有不同。就像我们所看到的,这种包的衬里很容易拿下来,又比较厚实,这样的构造很容易把宝石或粉末藏在布的褶皱里。如果不是刻意去找的话根本不会有所怀疑。纯海洛因或可卡因仅仅占一点点的空间。"

"太对了,这就是为什么,"怀尔丁飞快地掐指一算,说,"他们每次都能把价值五六千镑的毒品带进来却没有被任何人发现。"

"完全正确。"赫尔克里·波洛说,"生产背包,并投放到市场上去卖——大概不止一家商店有售。那家商店的老板可能干着非法的勾当,也可能没有牵涉其中。也许只是卖些他认为有利可图的便宜货，因为他的价格与其他卖露营装备的商家相比有优势。当然，这背后一定有一个团伙，小心谨慎地让一些在医学院上学的学生参与进去，这些学生在伦敦大学或其他地方。某个学生本人或是扮作学生的人很可能就是这个团伙的头目。当学生去国外时，在回程的某个地方，他们用一模一样的背包替换过来。当学生返回英国时，海关的检查敷衍了事。学生回到宿舍，卸下行囊，把空包扔到房间的橱柜或角落里。这个时候他们再把背包调换回来，也可能把做过手脚的衬底熟练地抽出来，换一个新的上去。"

"你认为这些都是在山核桃大街发生的事吗？"

波洛点点头。

"我是这么怀疑的。没错。"

"但是波洛先生，你是怎么想到这一点的——假设你说的正确。是什么原因呢？"

"有个背包被人剪成了碎片。"波洛说，"为什么？真实的理由不能公开，有人不得不编造了一个理由。出现在山核桃大街的背包可有点奇怪，这些包太便宜了。并且山核桃大街发生了一系列捉摸不透的事件，犯事的女孩发誓毁坏背包的事绝不是她干的。因为其他事情她都承认了，又有什么必要否认这件事呢？因此她说的只可能是事实，所以毁坏背包的一定另有其人——而且我认为，剪坏背包可不是件容易的事。实施起来有点困难，而这个人绝望到非要孤注一掷地去做不可。当我发现大概——唉，只是大概，人们不太能记得清楚几个月时间之前发生的事情，仅仅是大概——背包是在警察来找宿舍负责人的那天被人损坏的时候，我就得到了线索。真实原因是警察是来处理另一件与之完全不相关的事情，我可以跟各位这么解释：假设你与走私的勾当有关系,当晚你回到家,听说有警察来了,正在楼上和哈伯德太太说话。你会立刻想到警察是为了走私的事而来,来这里调查。我认为当时屋子里有个背包里就装着从国外带回来的——或者最近装过——走私品。假如警察发现了这档子事,那他们来山核桃大街的目的就是检查学生们的背包。因此你不敢背着有问题的包走出屋子,因为你知道警察已经派人在外面守着了。房子里的东西都在监视范围之内,而且背包很不容易隐藏或伪装起来。你能想到的唯一的办法就是把背包剪碎,把碎片塞到锅炉房的垃圾里面。毒品或宝石可以暂且混到浴盐里,但是即使是个空包,只要装过毒品,通过细致的检查或分析就能追查到海洛因或可卡因的踪迹。因此必须毁掉背包。你觉得有这个可能吗?"

"就像我之前说过的,这只是个想法。"怀尔丁警司说。

"似乎还有一件没有引起大家重视的小事,现在看起来也可能和背包有关。根据那个意大利仆人杰罗尼莫所说,在警察来的那天,或其中的某一天,大厅里的灯不亮了。他去找灯泡换时发现备用的灯泡都不见了。他非常确定一两天前抽屉里还有多余的灯泡呢。在我看来有一种可能性——有点牵强附会,我也不是很确定,你明白吧,只是有可能——有人之前参与了走私活动,心里有鬼,害怕警察若在明亮的光线下看见他就会认出他的脸来。所以他悄悄地取下大厅里的灯泡,并把新的都拿走,这样就没有替换的了。结果大厅只能用蜡烛来照明。我说过了,这只是我的猜测。"

"这可真是个巧妙的想法。"怀尔丁说。

"长官,有可能是这样的。"贝尔警长急切地说,"这事我越想越觉得有可能。"

"但如果是这样的,"怀尔丁接着说,"那就不止山核桃大街有问题了吧?"

波洛点点头。

"嗯,是的。该组织一定覆盖了很大范围的学生俱乐部之类的。"

"我们必须找出他们之间的关联。"怀尔丁说。

夏普督察第一次开口。

"长官,有这么一种联系,"他说,"或者说曾经有。有个女人经营了几家学生俱乐部和社团,这个女人是山核桃大街的负责人,尼科莱蒂斯夫人。"

怀尔丁飞快地瞟了波洛一眼。

"是的,"波洛说,"尼科莱蒂斯夫人刚好符合条件。虽然她不亲自管理,但所有那些地方的经济状况都不错。她的做法是,让无可挑剔、品行正直、没有犯罪前科的人打理。我的朋友哈伯德太太就是这样的人。经济方面由尼科莱蒂斯夫人支持——但我还是怀疑她只是个傀儡而已。"

"嗯,"怀尔丁说,"我认为对尼科莱蒂斯夫人多了解一点会很有趣。"

夏普点了点头。

"我们正在调查她,"他说,"调查她的背景和来历。这项工作要小心谨慎地去完成,我们不想过早地打草惊蛇。我们也在查她的经济背景。唉,如果世上只有一个悍妇的话,那非她莫属了。"

他叙述了带着搜查证面对尼科莱蒂斯夫人的那次经历。

"白兰地酒瓶,嗯?"怀尔丁说,"这么说她酗酒?哦,那就好办多了。她怎么样了?逃走了?"

"没有,长官。她死了。"

"死了？"怀尔丁扬起了眉毛，"有人搞鬼，你是这个意思吗？"

"我们认为是这样的，没错。待验尸过后就知道确切的结论了。我觉得她开始崩溃了。可能谋杀案让她始料不及。"

"你说的是西莉亚·奥斯汀的案子吧。那个姑娘知道些什么吗？"

"她知道一些。"波洛说，"但是恕我直言，我认为她不清楚自己掌握的情况是什么！"

"你是说她知道些事情，但是没有领悟到其中的含义？"

"是的，就是这个意思。她不是个聪明伶俐的姑娘，很可能没有做出正确的推理。不过她亲眼看到了什么，或亲耳听到了些什么，可能她毫无戒心地跟人提起过所见的事。"

"她可能看到或听到的是什么，波洛先生，你知道吗？"

"我只能猜一猜。"波洛说，"仅此而已。他们提到过一本护照。那栋房子里是否有人用了其他名字的假护照，以便于往来欧洲大陆呢？揭露事实是否对那个人来说相当危险？她是不是看到有人毁掉了背包，或者也许……她是不是哪天看到了有人把另一个背包的衬底取下却没有意识到那个人在干什么？她有没有可能看到了卸下电灯泡的人，并且向那个人提起了所见的事实，自己一点都没有意识到事情的严重性？啊，我的上帝！"赫尔克里·波洛激动不已，"猜测！猜测！猜测！一定要知道更多信息才行。不管怎么样都要知道得更多才行！"

"呃，"夏普说，"我们可以从尼科莱蒂斯夫人的身世查起。有些真相就会浮出水面了。"

"她被人除掉是因为他们觉得她会告密吗？她会告发吗？"

"她偷偷喝酒已经有段日子了……这证明她心如刀绞，"夏普说,"她可能已经崩溃了,想要把事情和盘托出,去做同案犯检举的证人。"

"我猜她会不会是走私活动的真正主谋?"

波洛摇摇头。

"我觉得不是,不是。她的身份是公开的,你们都看到了。她了解事情的进展,所以我认为她不是幕后组织的核心。不是。"

"谁是躲在幕后的主谋呢?"

"我可以猜一下。可能是错的。是的!我可能会猜错!"

第十六章

1

"嘀嗒,嘀嗒,当,"奈杰尔说,"老鼠跑钟上。警察说声'呸',我想知道谁,最终受审判?"

他又说了一句:"说还是不说?这是个问题![①]"

他给自己倒了杯热咖啡,端回到早餐桌上。

"说什么?"伦恩·贝特森问。

"所知道的一切。"奈杰尔故做姿态地摆摆手说道。

吉恩·汤姆林森不以为然地说:"当然了!如果我们掌握了有用的信息,那肯定要告诉警察了。那是唯一正确的做法。"

"我们漂亮的吉恩开口说话了。"奈杰尔说。

"我不喜欢警察。"雷内参与到讨论之中。

"到底说什么?"伦恩·贝特森又问了一遍。

"我们所了解的情况。"奈杰尔并进一步解释道,"我是说我们彼此之间所了解的情况。"同时用一种不怀好意的眼神扫视了一圈餐桌旁的人。"毕竟,"他又兴致勃勃地说着,"我们都了解

---

①套用了莎士比亚四大悲剧之一《哈姆雷特》中的一句话:生存还是毁灭,这是个问题。

不少对方的事,不是吗?我是说,住在同一屋檐下,这是不可避免的。"

"但是谁能决定哪些重要、哪些不重要呢?有很多事情都和警察毫无关系。"艾哈迈德·阿里先生激动地说着,对于警察尖锐地批评他所收集的明信片一事他仍耿耿于怀。

"我听说,"奈杰尔转过来,对着阿基博姆博先生说,"他们在你的房间里发现了非常好玩的东西。"

由于阿基博姆博先生本身就肤色黝黑,因此看不出来脸红,但他还是窘迫得一个劲儿眨眼睛。

"我们国家的人非常讲究信仰,"他说,"我把爷爷给我的东西带来了。我对此保持着虔诚和尊敬。我自己,作为一个信奉科学的当代人,不相信巫术,但是由于语言上的障碍,我觉得向警察解释起来非常困难。"

"甚至连可爱的小吉恩也有秘密,据我所知。"奈杰尔说,又回过头,把目光转向了汤姆林森小姐。

吉恩激动地表示她可不会甘受其辱。

"我要离开这个地方,去基督教女子青年会。"她说。

"好了,吉恩,"奈杰尔说,"再给我们一次机会吧。"

"哦,适可而止吧,奈杰尔!"瓦莱丽厌倦地说道,"我想,在那种情况下,警察不得不搜查。"

科林·麦克纳布清了清嗓子,准备做一番评论。

"在我看来,"他像个法官似的说,"我们要把眼前的情况弄清楚。尼克夫人的死因究竟是什么?"

"等到验尸结果出来我们就知道了,我想。"瓦莱丽不耐烦地说。

"我对此深表怀疑,"科林说,"我认为他们会推迟验尸的时间。"

"我想是心脏的问题吧,不是吗?"帕特丽夏说,"她倒在了街上。"

"喝得烂醉如泥,"伦恩·贝特森说,"就这样被架到了警察局。"

"这么说她确实酗酒。"吉恩说,"跟你们说,我一直是这么认为的。警察搜查房子时发现她房间的橱柜里装满了空白兰地酒瓶,那时我就相信她酗酒。"她补充道。

"我相信一切丑闻都瞒不过吉恩。"奈杰尔赞许地说。

"哦,这就解释了她为什么有时行为那么古怪。"帕特丽夏说。

科林又清了清嗓子。

"呃哼!"他说,"星期六晚上,我碰巧看到她走进了'女王的项链',那时我正好在回家的路上。"

"我想她是在那里痛饮一番的。"奈杰尔说。

"我觉得她正是死于醉酒,会吗?"吉恩说。

伦恩·贝特森摇了摇头。

"脑溢血?我可不太相信是这样的。"

"天哪,你不会认为她也是被人谋杀的吧?"吉恩说。

"我打赌她是被杀的,"萨莉·芬奇说,"没什么好大惊小怪的。"

"拜托,"阿基博姆博先生说,"你们是说有人杀了她吗?是这个意思吗?"

他的目光扫过每个人的脸。

"我们还没理由去推测任何事。"科林说。

"不过,会是谁想杀了她呢?"吉纳维芙发问,"她留下了许多钱吗?假如她很有钱,那我认为是有可能的。"

"她是个令人抓狂的女人，朋友们。"奈杰尔说，"我相信每个人都想杀了她。我就经常这么想。"他一边喜滋滋地抹着橘子酱，一边补充道。

2

"萨莉小姐，我可以问你个问题吗？听了早餐时你们说的那些之后，我一直在苦思冥想。"

"哦，阿基博姆博，假如我是你，就不会想得太多。"萨莉说，"这对健康可没什么好处。"

萨莉和阿基博姆博在摄政公园吃着露天午餐。夏天正式到来，餐厅也开始营业了。

"整个上午，"阿基博姆博沮丧地说，"我都心烦意乱得不行，根本没法很好地回答我们教授提出的问题。他对我不太满意。他说我从书本里复制了大量内容而没有自己的想法。但是我来这儿是为了从书里汲取智慧的，而且在我看来，书里说的要比我的方法更好，因为我的英语不太好。另外，今天上午我发现自己根本没法思考，脑子里只有山核桃大街发生的事和遇到的困难。"

"我觉得你说得对，"萨莉说，"我整个上午也无法全神贯注。"

"所以我求你把一些事情告诉我吧，因为就像我说的，我一直在苦思冥想。"

"哦，那我就听听你在想什么吧。"

"嗯，是关于硼——苏——胺。"

"硼苏胺？哦，硼酸！好吧。你想了些什么？"

"哦，我百思不解。他们说那是一种酸，对吗？一种像硫酸那样的酸吗?"

"不像硫酸,不像。"萨莉说。

"不是只在实验室里做实验时用的吗?"

"我真想象不出他们怎么用它在实验室里做实验。它属于软性,对人无害。"

"是说能把它滴进眼睛里吗?"

"没错,这正是它的一个用途。"

"啊,这样就能解释清楚了。钱德拉·拉尔先生,他有个装着白色粉末的小白瓶,他会放些粉末到热水里,然后来洗眼睛。他把那玩意儿放在浴室里,有一天却不见了,他非常恼火。那个就是硼——酸,对吧?"

"所有这些事和硼酸有什么关系?"

"我稍后再告诉你,不是现在。我得再想想。"

"哦,不要去冒险,"萨莉说,"我可不希望你变成下一具尸体,阿基博姆博。"

3

"瓦莱丽,你能帮我出出主意吗?"

"当然可以了,吉恩,虽然我不明白为什么有人会想让别人帮着出谋划策,事实上他们从来不会采纳。"

"真的,这是个有关良心的问题。"吉恩说。

"那问谁都不应该来问我。说起来,我一点良知都没有。"

"哦,瓦莱丽,你可千万别这么说!"

"嗯,真的是这样的。"瓦莱丽边说边踩灭了一支烟头,"我从巴黎走私服装到这儿,对那些来美容院的丑女人们说着可怕的谎言，说她们长得漂亮。我手头紧的时候坐车不买票。不过快点儿告诉我吧，你想说什么？"

"是关于早餐时奈杰尔说的话。如果一个人知道另一个人的事，你觉得应当说出去吗？"

"多么傻的问题啊！不能一概而论吧。那么你想说又不想说的是什么？"

"有关一本护照。"

"护照？"瓦莱丽坐直了身子，面露惊讶，"谁的护照？"

"奈杰尔的。他用了本假护照。"

"奈杰尔？"瓦莱丽将信将疑，"我不相信。这似乎不大可能。"

"但他确实在用。而且你知道吗，瓦莱丽，我想这里面有些问题。我记得听警察说西莉亚说了什么关于护照的事，倘若是因为她发现了假护照的事，奈杰尔就把她杀了呢？"

"这听起来太夸张了。"瓦莱丽说，"坦率地说，我一点都不相信。护照到底是怎么一回事？"

"我亲眼看见了。"

"你是怎么看见的？"

"哦，相当偶然。"吉恩说，"一两周前，我想找公文包里的东西，却错拿了奈杰尔的包翻找起来——两个包都放在公共休息室的架子上。"

瓦莱丽冷冷地发笑起来。"鬼才相信呢！"她说，"你到底想做什么？窥探隐私？"

"不是，当然不是了！"吉恩愤愤不平地说，"我最不可能干的事就是偷看别人的私人物件，我不是那种人。我只是当时有点心不在焉，就打开了那个皮包，正从里面往外拿——"

"打住,吉恩,你别想蒙混过关。奈杰尔的公文包比你的要大得多,而且颜色完全不同。你已经在供认自己的所作所为了,就承认自己是那种人吧。好了。你找到机会仔细翻找了奈杰尔的一些东西,并取了出来。"

吉恩霍然起身。

"瓦莱丽,你要是这么不友好、这么不公正、这么尖酸刻薄的话,我就……"

"哦,可别,你真是个孩子!"瓦莱丽说,"继续说吧,我现在有点兴趣了,我想知道是怎么回事。"

"嗯,我发现了一本护照。"吉恩说,"它放在包的最下面,上面有名字,斯坦福还是斯坦利一类的名字。接着我想,奈杰尔好奇怪,把别人的护照放包里了。我打开护照,然而里面的照片是奈杰尔!这么说来你觉不觉得他一定有双重身份?我所犹豫的是要不要告诉警察?你觉得我有这个责任吗?"

瓦莱丽笑了。

"真不走运,吉恩,"她说,"事实上,我认为有个非常简单的解释。帕特告诉过我,有人给了奈杰尔一笔钱之类的,前提是他要改名字。他签了个改名的契约还是什么的,事情就完美解决了,仅此而已。我想他的原名就是斯坦菲尔德或是斯坦利。"

"哦!"吉恩看上去彻底心灰意冷了。

"如果你不相信我,就去问帕特吧。"瓦莱丽说。

"哦……不。呃,假如真像你说的,那一定是我搞错了。"

"祝愿你下次运气好些。"瓦莱丽说。

"我不懂你在说什么,瓦莱丽。"

"你想在背后捅奈杰尔一刀,不是吗?好让警察怀疑他?"

吉恩气得挺直了身子。

"你可以不相信我,瓦莱丽,"她说,"但我只是想尽我的责任。"

说完她转身离开了房间。

"哦,见鬼!"瓦莱丽说。

有人轻轻敲门,萨莉走了进来。

"发生了什么事,瓦莱丽?你看起来有点垂头丧气啊。"

"都是因为讨厌的吉恩。她简直太可怕了!你认不认为吉恩有可能杀掉可怜的西莉亚?假如我看到吉恩站在被告席,我会疯狂地庆祝的。"

"我理解你的心情,"萨莉说,"但我认为这几乎不可能。我想吉恩不足以铤而走险去杀任何人。"

"对于尼克夫人的死你是怎么想的?"

"我没什么想法。我猜咱们很快就会得到消息了。"

"我认为她十有八九也是被人杀的。"瓦莱丽说。

"但是为什么呢?这儿究竟发生了什么?"萨莉说。

"真希望我知道。萨莉,你有没有发现自己会盯着别人看?"

"什么意思,瓦尔①,盯着别人看?"

"嗯,盯着人看,心里琢磨着,是不是你?我有一种感觉,萨莉,这里有个疯子。真的疯了。我是说疯狂的人,不是仅仅把自己想象成黄瓜的那种疯。"

"很可能有啊。"萨莉说。她感到不寒而栗。

"哎哟!"她说。"我打了个冷战②。"

---

① 瓦莱丽的昵称。
② 原文是"有人从我的墓地上走过"。西方有一种迷信说法,认为每个人都有一块墓地,如果有人从上面走过,身体会打冷战。

4

"奈杰尔,我有些话必须跟你说。"

"哦,帕特,你想说什么?"奈杰尔正在疯狂地翻找柜子抽屉里的东西,"我究竟把那些笔记放在哪儿了,我想不起来了。我记得塞在这儿了啊。"

"哦,奈杰尔,别那么乱找了!你把所有东西都弄得一团糟,我刚收拾好的。"

"哦,不管怎么样,我得找到我的笔记。"

"奈杰尔,你必须听我说!"

"好吧,帕特,别这么满脸绝望。你想说什么呢?"

"我有事要坦白。"

"我想不会是谋杀吧?"奈杰尔以他一贯的轻率口吻说道。

"不是,当然不是了!"

"那就好。呃,没那么严重,那是什么?"

"有一天我给你缝补完袜子,送回到你的房间,往抽屉里放的时候……"

"怎么了?"

"发现有瓶吗啡放在里面。是你告诉过我,从医院里拿出来的那瓶。"

"没错,你还为此大惊小怪的!"

"但是,奈杰尔,你把它放在抽屉里,和袜子放在一起,任何人都能很容易地发现。"

"怎么会呢?除了你,没人会去翻我的袜子。"

"哦,我觉得就那么把它放在那里有点让人心惊胆战的,而且我记得你说过,打赌赢了以后就把它处理掉,但在那之前会一直放在那儿。"

"当然,我当时还没拿到第三样东西呢。"

"哦,我认为那样很不好,所以我就从抽屉里把那个小瓶子拿了出来,把里面的毒药全倒出来,换成了普通的小苏打。它们看起来几乎一模一样。"

一直忙乱地找着笔记本的奈杰尔停了下来。

"天哪!"他说,"你说的是真的吗?你的意思是,当我信誓旦旦地跟伦恩和老科林说那东西是硫酸或酒石酸吗啡或其他什么时,实际上里面装的只是小苏打?"

"是。你看——"

奈杰尔打断了她,他眉头紧锁。

"你看,我都不确定打的那个赌还算不算数了。当然,我不知道——"

"但是奈杰尔,一直放在那儿实在危险啊。"

"哦,天哪,帕特,你非得这样大惊小怪吗?真的毒药你怎么处理了?"

"我把它倒进小苏打瓶里,然后藏在我装手帕的抽屉里了。"

奈杰尔略显吃惊地看着她。

"真的,帕特,你的逻辑思维真是无法用语言来形容了!这样做有什么意义?"

"我感觉放在那儿更安全。"

"亲爱的姑娘啊,除非是给吗啡上个锁,否则放在我的袜子里或是你的手帕里有什么区别吗?"

"嗯,有区别。首先,我的房间是独立的,而你和别人共用一间。"

"什么?你该不会是在怀疑可怜的老伦恩从我这儿偷走了吗

啡吧,是吗?"

"我之前没想跟你说这件事,但现在必须要说了。因为……跟你说吧,它不见了。"

"你是说被警察拿走了?"

"不是,在那之前就消失了。"

"你的意思是……"奈杰尔惊愕地盯着她看,"让我们来把这件事理清楚。有个标着'小苏打'的小瓶子,里面却装着硫酸吗啡[1],随便地放在那个地方。如果有人肚子疼,随时都有可能从里面挖一匙,对吧?上帝啊,帕特!你做了些什么啊!如果你为此烦恼不已,为什么不干脆把那些毒药扔掉呢?"

"因为我觉得它比较值钱,不该扔掉,而应该还给医院。我打算你一赢得赌注就给西莉亚,让她拿回去。"

"你确定你没有给她?"

"没有,当然没有。你的意思是我给了她,她服下毒药从而自杀,于是这就全都成了我的责任吗?"

"冷静下来。东西是什么时候不见的?"

"我不清楚准确的时间。在西莉亚死前那天我找过,没找到,不过当时我以为只是把它放在其他什么地方了。"

"她死前那天不见的?"

"我猜是的。"帕特丽夏说,她的脸色煞白,"我真是太蠢了。"

"你这么说还是好听的。"奈杰尔说,"你的脑子得糊涂到什么程度,神经得有多大条啊!"

"奈杰尔,你说我应该跟警察说吗?"

---

[1]此处为奈杰尔的口误或作者的笔误,应为"酒石酸吗啡"。

"哦，天哪！"奈杰尔说，"我想是的，要说。而且这都是我的过错。"

"哦，不，亲爱的奈杰尔，是我不好。我——"

"是我偷来那该死的毒药的。"奈杰尔说，"那时我只顾着哗众取宠。但是现在……我已经能听到来自法庭上的那些刻薄的议论声了。"

"对不起。我拿走它的时候纯粹是出于——"

"你是出于好意，我知道！听我说，帕特，我还无法相信毒药丢了，你可能只是忘记放在哪儿了呢。你也知道有时你会把东西放错地方。"

"是的，不过……"

帕特丽夏有些犹豫不决，紧皱眉头的脸上现出些许疑惑。

奈杰尔迅速站起身。

"让我们去你的房间，来一次彻底的搜查吧。"

5

"奈杰尔，那些是我的内衣。"

"真是的，帕特，这个节骨眼儿了你就别再要求我顾及一些小节了。眼前这些短裤下面不是正好有可能藏个小瓶子吗，是吧？"

"是，不过我相信我——"

"除非我们每个地方都找过，否则什么都不能断定。我一定要找个遍。"

有人草草地敲了几下门，萨莉·芬奇走了进来。她惊讶得睁大了双眼。帕特手上抓着一把奈杰尔的袜子，正坐在床上，而奈杰尔把衣柜的抽屉都拉出来了,像只兴奋的小猎狗在一堆套头衫里翻来翻去,旁边扔的全是短裤、胸罩、丝袜和其他的女性服饰。

"天哪,"萨莉说,"你们在干什么?"

"在找小苏打。"奈杰尔简略地说。

"小苏打?用来做什么?"

"我有点难受。"奈杰尔笑嘻嘻地说,"肚子疼,别的都不管用,只有小苏打能缓解一点。"

"我记得我那儿有一点。"

"没用,萨莉,必须是帕特的才行。只有她那个牌子的对我这特殊的毛病有效果。"

"真是疯了。"萨莉说,"他在做什么呢,帕特?"

帕特丽夏表情痛苦地摇了摇头。

"萨莉,你看到过我的小苏打吗?"她问道,"只有瓶底那么一点儿了。"

"没见过。"萨莉好奇地看着她,然后皱起了眉头,"我想想,这周围什么人有……不行,我想不起来。你有邮票吗,帕特?我要寄封信,可是我的用完了。"

"在抽屉里呢。"

萨莉拉开写字台那个浅浅的抽屉,拿出一本邮票簿,取下一枚粘在手里拿的信封上,又把邮票簿放回抽屉,放了两个半便士在桌子上。

"谢谢。要我帮你把这封信一起寄了吗?"

"好。不——不用了,我想再等等。"

萨莉点点头,离开了房间。

帕特放下手里一直拿着的袜子,紧张得手指交叉,扭来扭去。

"奈杰尔？"

"嗯？"奈杰尔已经把注意力转移到了衣柜里，正盯着一件外套的口袋看。

"我还有些事情想要坦白。"

"天哪，帕特，你还做了什么啊？"

"我怕你会发火。"

"我已经发过火了。现在我只是彻底吓坏了。如果西莉亚是被我偷来的药毒死的，即使他们不把我绞死，也很可能让我把牢底坐穿。"

"跟那个没关系。是关于你父亲的。"

"什么？"奈杰尔转过身，脸上现出一种无比惊讶的表情。

"你知道他病得很重，对吧？"

"他病得重不重不关我的事。"

"昨晚的收音机里是这么说的。'著名的化学研究专家阿瑟·斯坦利先生病情非常危急。'"

"作为大人物就是好啊，一生病全世界都知道了。"

"奈杰尔，假如他要死了，你应该和他和解。"

"我才不会呢！"

"但是假如他要死了呢？"

"不管他要死了还是身体健康，都是一样的卑鄙！"

"你可不能那样，奈杰尔。这么充满仇恨、不肯原谅别人可不行。"

"听着，帕特，我曾跟你说过：他杀了我的母亲。"

"我知道你说过，我也知道你很喜欢你的母亲。但我觉得，奈杰尔，你有时确实有些过分了。是有许多做丈夫的冷酷无情，他们的妻子对此怨恨不已，这使她感到很不幸福。不过说你父亲杀了你母亲就言过其实了，事实并不是那样的。"

"你知道得可真多，不是吗？"

"我知道总有一天你会后悔在你父亲临死前没跟他讲和。这就是为什么——"帕特停顿了一下，做好准备，"这就是为什么我……我给你父亲写了一封信，跟他说——"

"你给他写信了？是萨莉要寄的那封信吗？"他一大步跨到写字台前，"我看看。"

他拿起写有地址、贴着邮票的信，用他有力的手指一下子把信撕成碎片，扔进了废纸篓。

"就这样了！你再敢做出这种事情看看。"

"奈杰尔，你实在是太小孩子气了。你可以把信撕碎，但不能阻止我再写一封，而且我会再写的。"

"你为何如此感情用事呢？简直不可救药。你有没有想过，我说我父亲杀死了我的母亲时还说过，那是再清楚不过、无法辩驳的事实。我母亲死于过量服用巴比妥钠，验尸时他们说是误服的。但她根本不是误服的，是我父亲故意给她的。他想娶另一个女人，你知道吗，而我母亲不会跟他离婚的。这是一起卑鄙的谋杀事件，再清楚不过了。如果你是我，你会怎么做？向警察揭发他？我母亲不希望我那样做……于是我做了我唯一能做的事，告诉那头猪我知道真相，然后离家出走，永远不回去。我甚至还改了名字。"

"奈杰尔，对不起……我做梦也没想到……"

"好吧，你现在明白了……那个令人尊敬的、以研究报告和抗生学闻名的阿瑟·斯坦利，像棵常青树一样长盛不衰！但是他的情妇最终没有和他结婚，她离开了他。我想她是猜到了他做的好事。"

"亲爱的奈杰尔,太可怕了……对不起……"

"好了,我不会再跟你提起这件事了。让我们回到小苏打这件要命的事上来吧。现在来仔细回想一下,你到底把那东西放在哪儿了。用手托着脑袋好好想想吧,帕特。"

6

吉纳维芙异常兴奋地走进公共休息室。她压低了颤抖的声音,对聚集在一起的学生们说:"我现在能确信,而且是完全肯定,是谁杀害了小西莉亚。"

"是谁啊,吉纳维芙?"雷内问道,"发生了什么让你能这么确定?"

吉纳维芙谨慎地环顾四周,确认公共休息室的门是否关好了之后,她压低了声音。

"是奈杰尔·查普曼。"

"奈杰尔·查普曼,为什么是他?"

"听着。我从走廊里穿过,走下楼梯,就在这时,我听到帕特丽夏的房间里传来说话声。是奈杰尔。"

"奈杰尔?在帕特丽夏的房间里?"吉恩话里带着置疑。不过吉纳维芙紧接着又开口了。

"他正跟她说他父亲杀了他母亲,还有,为什么他改了名字。这就很清楚了,不是吗?他父亲是个杀人犯,还把这种恶劣品质遗传给了奈杰尔。"

"有可能。"钱德拉·拉尔先生说,他很得意地详细解释了这种可能性,"当然有这个可能了。他的脾气那么暴躁,我是说奈杰尔,那么胡闹,没有自制力。你们同意吗?"他扬扬自得地看向阿基博姆博。阿基博姆博热切地点了点他那长满黑羊毛卷的脑袋,满意地微笑着,露出一口白牙。

"我一直有种非常强烈的感觉,"吉恩说,"奈杰尔没有道德观念……是个彻头彻尾的堕落分子。"

"这是一起与性有关的谋杀,没错,"艾哈迈德·阿里说,"他睡了这个姑娘,然后把她杀了。因为她是个正派体面的姑娘,希望能结婚……"

"胡扯!"莱纳德·贝特森突然爆发了。

"你说什么?"

"我说你在胡扯!"伦恩大吼。

第十七章

1

奈杰尔坐在警察局的一间屋子里,紧张地面对着夏普督察那严厉的眼神。他说话有些结结巴巴,刚刚叙述完事情的经过。

"查普曼先生,你有没有意识到?刚才你跟我说的事情非常严重,真是太严重了。"

"我当然意识到了。正因为我感到事态紧急,才会来这里跟您讲这些。"

"你是说莱恩小姐记不准她最后一次见到装着吗啡的小苏打瓶是什么时候了吗?"

"她脑子里已经乱成了一锅粥,越是尽力去想就越是拿不定主意。她说是我让她太慌乱了。我来找您的时候她还在试图回忆起来。"

"我们最好马上去山核桃大街一趟。"

督察正说着,桌上的电话就响了,正在给奈杰尔做笔录的警员伸出手接起了电话。

"是莱恩小姐,"他接听之后说,"她想跟查普曼说话。"

奈杰尔斜跨过桌子,从警员手里接过了电话听筒。

"是帕特吗?我是奈杰尔。"

那边姑娘的声音气喘吁吁、十分着急,说话语无伦次。

"奈杰尔,我想我明白了!我是说,我想我现在知道是谁拿去了……你知道的……从我装手帕的抽屉里拿走了小瓶子,我的意思是……跟你说,只有一个人——"

话音戛然而止。

"帕特。喂?你在吗?那个人是谁?"

"我现在还不能告诉你。稍晚一些吧。你会回来吧?"

听筒离警员和督察很近,众人能够清晰地听到他们的对话。督察点点头,回应奈杰尔探询的目光。

"跟她说马上。"督察说。

"我们马上就回去,"奈杰尔说,"这就动身。"

"哦!好的。我会在我的房间里等着。"

"再见,帕特。"

在去山核桃大街短暂的路程中,每个人都一言不发。夏普暗自寻思着这次能不能最终做个了结,帕特丽夏·莱恩会提供什么确凿的证据,还是她自己单纯的推测?很显然她想起了在她看来似乎很重要的事。他推测她是在门厅打的电话,因而不得不出言谨慎。晚上的这个时候会有很多人从门厅经过。

奈杰尔用钥匙打开了山核桃大街二十六号的前门,一行人走了进去。穿过公共休息室的门,夏普看见一头乱蓬蓬红色头发的莱纳德·贝特森正在低头看书。

奈杰尔负责引路,上楼,沿走廊来到帕特的房门前。他短促地敲了一下门,走了进去。

"喂,帕特。我们来——"

他的声音突然哽住了,半天没喘过气来。他僵住了。夏普越过他的肩膀,也看见了眼前的景象。

帕特丽夏·莱恩倒在地板上。

督察轻轻地把奈杰尔推到一旁。他走向前，跪在那姑娘缩成一团的身体旁边。他抬起她的头，测了测脉搏，然后又把头放回原位。督察站直身子，面色凝重。

"不会吧?!"奈杰尔异乎寻常地高声叫道，"不。不。不。"

"是的，查普曼先生。她死了。"

"不，不可能。帕特不会死！亲爱的帕特小傻瓜。怎么会……"

"用的这个。"

凶器很简单，是凶手在情急之下随手拿起的东西。那是一方装在羊毛袜里的大理石纸镇。

"在脑后方给予一击。真是个非常实用的凶器。查普曼先生，如果有什么能让你感到宽慰的，我想那就是她甚至还没明白过来发生了什么。"

奈杰尔摇摇晃晃地坐到了床上。他说："那是我的袜子……她是要拿去缝补的……哦，上帝，她打算缝补袜子啊……"

突然他开始大哭起来，哭得像个孩子——旁若无人般地号啕大哭。

夏普继续重构案情。

"应该是她非常熟悉的某个人。那个人拾起袜子，把纸镇塞了进去。查普曼先生，你能认出这方纸镇吗？"他把袜子卷起来，从而露出纸镇。

奈杰尔还在哭，抬眼看了看。

"帕特总是把它放在桌上。卢塞恩狮子[①]。"

[①]卢塞恩狮子（Luzern Lion）是全世界最著名的雕像之一，位于瑞士卢塞恩。

他用手捂住了脸。

"帕特——哦,帕特!没有你我可怎么办啊!"

突然他坐直了身子,向后甩了甩凌乱不堪的金黄色头发。

"谁干的!我要杀了他!我要杀了他!卑鄙的杀人犯!"

"冷静,查普曼先生。是的,没错,我明白你的感受。这是件惨不忍睹的事。"

"帕特从没伤害过任何人……"

夏普督察一边安慰一边把他带出房间,然后又回到那间卧室。他伏在死去的姑娘旁边,一点一点地从她的手指缝里取出了什么东西。

2

冷汗顺着杰罗尼莫的额头流下来,那双受到惊吓的黑眼睛看看这个人,又看看那个人。

"我什么都没看见,什么都没听到,我跟您讲,我根本什么都不知道。我和玛丽亚在厨房,我正在做蔬菜面条汤,把芝士磨碎——"

夏普打断了他这一连串的话。

"没人指控你。我们只是要把一些时间点弄得更清楚,这一个小时之内有谁进出过这栋房子吗?"

"我不知道。我怎么会知道呢?"

"你从厨房的窗户能够清楚地看见有谁进进出出吧,不是吗?"

"可能吧,没错。"

"那就跟我们说说吧。"

"每天的这个时间段都一直有人进进出出。"

"从六点钟到我们来这儿的六点三十五分之间,谁在家里?"

"只有奈杰尔、哈伯德太太和霍布豪斯小姐不在。"

"他们是几点出去的?"

"哈伯德太太是在下午茶之前出去的,现在还没回来。"

"继续说。"

"奈杰尔先生大约半个小时之前出去的,六点之前,看上去心烦意乱。他刚才跟您一起回来的。"

"是这样的,没错。"

"瓦莱丽小姐是正好六点钟出去的,当时报时的钟声叮当作响。她穿着半正式的服饰,特别时髦。现在她还在外面呢。"

"其他人都在吗?"

"是的,先生,所有人都在。"

夏普低头看了看笔记本,上面记着帕特丽夏打电话的时间。确切的时间是六点零八分。

"其他所有人都在这儿,在这栋房子里吗?这期间没人回来?"

"只有萨莉小姐。她下楼往邮筒里寄了封信就回来了。"

"你记得她进门的时间吗?"

杰罗尼莫皱眉想了想。

"她回来时正在播新闻。"

"那就是六点之后了?"

"是的,长官。"

"新闻播到哪个地方?"

"我想不起来了,长官。不过应该是体育新闻之前,因为一播体育新闻我们就关掉了。"

夏普冷冷地笑了一声。范围太大了。只有奈杰尔·查普曼、瓦莱丽·霍布豪斯和哈伯德太太可以排除在外。这就意味着要进行冗长而彻底的审问了。谁在公共休息室?谁离开了?什么时候离开的?谁能为谁证明?还有,那么多学生,尤其是那些亚洲和非洲人,天生就对时间不敏感,这差事可没人愿意干。

然而审问又不得不做。

3

哈伯德太太房间里的气氛十分压抑。哈伯德太太本人坐在沙发上,还是一身外出时的装束,漂亮的圆脸上显现出紧张和焦虑。夏普和科布警长坐在小桌旁。

"我觉得她是在这儿打的电话。"夏普说,"六点零八分左右,有几个人进出过公共休息室,他们是这么说的——没人看见、注意到或是听见有人在门厅打电话。当然,他们所说的时间不一定可靠,这些人里有半数根本没看时间。不过我认为不管怎样,她要是想给警察局打电话,一定会来这里的。您出去了,哈伯德太太,但我猜您没有锁好门吧?"

哈伯德太太摇了摇头。

"尼科莱蒂斯总是锁门,而我从来不锁。"

"那么,帕特丽夏·莱恩来这儿打电话,迫不急待地要说她回忆起来的事。接着,当她说话时门开了,有人看到了她或者干脆走了过来,帕特丽夏就此打住,挂断电话。因为她认出了闯进来的人就是她要说出来的人,还是只是一般性的警惕?也可能两者都有。我自己倾向于第一种推测。"

哈伯德太太用力地点了点头。

"无论是谁都有可能跟踪而至。也许一直在门外偷听，于是适时走进来打断了正在打电话的帕特。"

"然后……"夏普的脸色沉了下来，"那个人跟着帕特丽夏回到她的房间，像平常一样很从容地和她聊天。也许帕特丽夏在谴责她拿走了小苏打，然后那个人花言巧语地辩解。"

哈伯德太太一针见血地问道："你为什么说是'她'？"

"真有意思，一个代词！当我们发现尸体时，奈杰尔·查普曼说：'不管是谁干的我都要杀了他。我要杀了他。'你注意到没有，他说的是'他'。奈杰尔·查普曼无疑相信是一个男人犯下了杀人案，这可能因为他把暴力和男人联系了起来，也可能因为他有某种特别的怀疑心理，指向了某个人，指向了某个具体的男人。如果是后者，我们必须查明他这么想的理由。不过要我说的话，我选择是女人干的。"

"为什么？"

"很简单。有人与帕特丽夏一起走进她的房间，这个人肯定和她相当熟悉，这表明这个人是女性。男人除非有特殊原因，不然不会到姑娘们的卧室里去的，是这样的吧？没错吧，哈伯德太太？"

"没错。倒没有严格禁止的规定，不过通常大家都遵守得很好。"

"房子的那边跟这边隔开了，除了一楼。假设奈杰尔和帕特早先的对话被人偷听到，也极有可能是女人偷听的。"

"是，我明白您的意思。有些姑娘似乎把一半的时间花在了透过锁眼去偷听上面。"

她脸一红，紧接着补充解释道："这么说太刻薄了。事实上，虽然这房子建造得很结实，但是分隔两边的墙是新造的，就像纸一样脆弱。隔音效果根本无从谈起。我得承认,吉恩就经常偷听,她属于那种类型。当然了,吉纳维芙听到奈杰尔跟帕特说他父亲杀了他母亲,她驻足听到的这些倒是很有用。"

督察点点头。他已经听取过了萨莉·芬奇、吉恩·汤姆林森和吉纳维芙的证词。

他说:"住在帕特丽夏房间两边的是谁?"

"吉纳维芙在里面那间,那里的倒是比较结实的原筑墙。伊丽莎白·约翰斯顿住在另一边,挨着楼梯,中间只是一道隔断墙。"

"这就能缩小一点范围了。"督察说。

"那个法国姑娘听到了对话的结尾。萨莉·芬奇在出去寄信之前曾回过房间。然而这两个姑娘的先后出现就排除了其他人偷听的可能,除非是一眨眼的工夫。假如伊丽莎白·约翰斯顿在卧室里,她透过隔断墙什么都能听见。不过要把她排除在外,因为萨莉·芬奇去寄信时她显然已经在公共休息室了。"

"她没有一直在公共休息室吧?"

"是的,中间有一段时间她上楼去取一本忘拿的书。但依旧没人能说得清具体时间。"

"他们中的每个人都有嫌疑。"哈伯德太太无奈地说。

"就他们的叙述而言,确实是这样的。但我们还掌握了一点儿额外的证据。"

督察从兜里掏出一个折叠起来的小纸包。

"这是什么?"哈伯德太太问道。

夏普笑了。

"两根头发。我从帕特丽夏·莱恩的指头缝里取出来的。"

"您的意思是——"

有人敲门。

"进来。"督察说。

门开了,阿基博姆博先生走进来。他咧着嘴笑,黑黑的脸上笑开了花。

"请问……"他说。

夏普督察耐心地问他:"嗯,先生,呃,什么事?"

"打扰了,我想我有情况要说明。关于发生的悲剧,我有很重要的事要说。"

第十八章

"好了,阿基博姆博先生,"夏普督察无奈地说,"请让我们听听吧,都是些什么情况。"

有人给了阿基博姆博先生一把椅子。其他人都与他相对而坐,聚精会神地看着他。

"谢谢。那我开始说了?"

"好,请开始吧。"

"嗯,您知道,有时我的胃会感觉不舒服。"

"哦。"

"我有胃病,萨莉小姐是这么说的。但您看,我实际上没病,我并不呕吐。"

他在详细讲述医学方面的细节时,夏普督察极力克制住自己。

"好的,好。"他说,"不过,我很抱歉打断你,你想告诉我们的是……"

"也许是吃了不习惯的东西,我这里感觉非常撑。"阿基博姆博先生指了指确切的部位,"我想是我肉吃得不够,而你们称之为糖水化合物的东西又吃得太多了。"

"碳水化合物。"督察下意识地纠正他,"但是我不明白——"

"我有时服用小药丸,苏打明片,有时吃健胃散。吃什么倒是无关紧要，吃下去就猛打嗝，返上来好多气。就像这样。"阿基博姆博先生实实在在地打了一个巨大无比的嗝，"打完之后，"他天真无邪地笑了，"我感觉舒服多了，好多了。"

督察的脸色憋得青紫。哈伯德太太干巴巴地说："我们都知道你这毛病了。继续说后面的事。"

"好的，当然。嗯，如我所言，上周，我碰巧遇到件事——我记不清具体是哪一天了。那天的通心粉真好吃，我吃了很多，后来就感觉非常难受。我试图跟教授一起工作，但是难以全神贯注。"阿基博姆博又指了指那个部位，"晚饭后只有伊丽莎白在公共休息室里，于是我对她说：'你有小苏打或者健胃散吗？我的吃完了。'她说'没有'，不过她又说：'帕特的抽屉里有一些，我去还她的手帕时看到了，我去给你拿点儿。'她还说'帕特不会介意的'。于是她就上楼去拿来了一瓶小苏打。只剩一点点了，就瓶底那么多吧，几乎没有了。我谢过她，拿着小瓶子去了盥洗室。我差不多把瓶子里的全倒进水里了，差不多有一勺，搅一搅喝下去了。"

"一勺？满满一勺？！上帝啊！"

督察盯着他，已经呆住了。科布警长向前探身，一脸吃惊的表情。哈伯德太太含糊地说了句："拉斯普京[①]！"

"你吞下了一勺吗啡？"

"我理所当然地以为那是小苏打呢。"

"好了，好了，我不解的是为什么你现在还能坐在这儿！"

"后来，我病了，真的非常难受。不只是胃胀，是疼，我的

[①] 拉斯普京，俄国沙皇尼古拉二世时的神秘主义者，沙皇及皇后的宠臣。相传有催眠、预言能力，还用特殊的神力治好了皇子的病。后因丑闻百出遭到公愤，被人刺死。相传谋杀拉斯普京的人给他吃了八块掺有氰化钾的蛋糕，喝了一瓶掺有氰化钾的马德拉葡萄酒，但拉斯普京毫无反应。故有后文的说法。

胃疼死了。"

"我还是没明白你为什么没有死！"

"拉斯普京，"哈伯德太太说，"他们曾经一再给他下毒，下了很大的剂量，却都没能杀掉他！"

阿基博姆博先生继续讲述。

"然后第二天，我感觉好一些，我就把小瓶里剩的一丁点儿粉末拿给一个化验员看，我请他告诉我吃的是什么东西，害得我这么难受。"

"然后呢？"

"他让我过几天再来。后来我去的时候他跟我说：'难怪了！这不是小苏打，而是硼酸。是硼酸。可以滴进眼睛的，没错，但是如果你吞下一勺这玩意儿，你就会一病不起了。'"

"硼酸？"督察目瞪口呆地看着他，"硼酸是怎么跑到瓶子里去的？吗啡去哪里了？"他抱怨道，"我从没见过这么乱的案子！"

"我一直在想呢。"阿基博姆博接着说。

"你一直在想？"夏普问，"你在想什么？"

"我在想西莉亚小姐她是怎么死的。她死之后一定有人进入她的房间，留下了空吗啡瓶和说她自杀的那一小片纸……"

阿基博姆博顿了一下，督察点头示意。

"那我不禁要问，谁能够做到这一点？我认为如果是女孩中的一个就简单了，但如果是男的可没那么容易，因为他们要从房子的一边下楼，再上到另一边去，也许有人没睡着，那样就会发现他。于是我又想，这么说吧，假设是这栋房子里的一个人，正好在西莉亚小姐的隔壁，而她独自一人在房间里，您懂吗？他们俩的窗户都对着烟囱，而西莉亚睡觉时是开着窗户的，这是她出于健康考虑的一种习惯。这样的话，假如他身体强健有力，就能跳过去。"

"住在房子的另一边、挨着西莉亚房间的是……"哈伯德太太说，"我想想，是奈杰尔和……和……"

"伦恩·贝特森的，"督察说，他摸了摸手里的纸包，"伦恩·贝特森。"

"他为人非常和善，确实，"阿基博姆博先生遗憾地说，"对我再好不过了。但是从心理学上讲，知人知面不知心，是这样的吧，不是吗？这是现代理论。钱德拉·拉尔先生找不到治眼睛用的硼酸，他非常气愤，后来我问他，他说是被伦恩·贝特森拿走了。"

"有人从奈杰尔的抽屉里拿走了吗啡，又用硼酸取而代之，却又被帕特丽夏·莱恩换成了小苏打，因为她以为那是吗啡，可实际上是硼酸粉……好了……我明白了……"

"我帮到您了吗？"阿基博姆博先生礼貌地问道。

"是的，我们真的太感谢你了。不要，呃，对别人说起这件事。"

"不会的，长官。我会加倍谨慎。"

阿基博姆博先生客气地向大家鞠了一躬，离开了房间。

"伦恩·贝特森，"哈伯德太太面带忧虑地说，"哦！不。"

夏普看着她。

"您不希望是伦恩·贝特森？"

"我很喜欢那个小伙子。他脾气有点大，我知道，不过他好像一向还不错。"

"有太多的犯罪证据指向他。"夏普说。

他缓缓地打开小纸包。哈伯德太太顺着他的手势探身凑上来看。

　　白纸上是两根带卷的红色短发……

　　"哦！天哪！"哈伯德太太发出了惊叫。

　　"没错，"夏普若有所思地说，"据我的经验来看，凶手总会至少在一个地方露出马脚。"

第十九章

1

"真是妙极了,我的朋友,"赫尔克里·波洛称赞道,"如此清澈——清澈得如此完美。"

"不知道的还以为你是在对一道汤评头论足。"督察抱怨着,"可能对你来说是清炖肉汤,但是对我来说这仍是一大锅浓浓的牛杂汤。"

"现在不是了,一切都步入正轨了。"

"甚至这个?"

就像给哈伯德太太看时那样,夏普督察拿出了两根红头发。

波洛几乎与夏普之前的回答如出一辙。

"啊……正是。"他说,"收音机里是怎么说的来着?这是个故意犯的错。"

两个人的目光碰到了一起。

"不会有人像他们自以为的那么聪明。"赫尔克里·波洛说。

夏普督察差点脱口而出"甚至是赫尔克里·波洛也不会"?不过他控制住了。

"其他的事呢,我的朋友,都安排好了吗?"

"好了,明天就开始行动。"

"你亲自出马吗?"

"不。按计划我会去山核桃大街二十六号,那件事由科布负责。"

"我们祝他好运吧。"

赫尔克里·波洛面色凝重地举起了酒杯,杯里装的是薄荷酒。

夏普督察举起一杯威士忌。

"但愿如此。"他说。

2

"这些个地方,他们还真是别出心裁啊。"科布警长说。

他硬挤出赞许的表情看着"塞布丽娜女神"的橱窗。塞布丽娜镶嵌在昂贵的玻璃画框里展示着,以"晶莹的碧波"为背景。她衣着简单,穿着精致的短裤横躺着,心满意足地被各种各样包装精美的化妆品包围着。除了短裤,她身上还戴着许多原始社会的人造珠宝。

麦克雷警员对此嗤之以鼻。

"要我说,这是亵渎神明。塞布丽娜女神是弥尔顿写的[1],对吧?"

"嗯,可弥尔顿写的又不是《圣经》,小伙子。"

"你不否认《失乐园》[2]是写亚当和夏娃、伊甸园和地狱里的所有魔鬼的吧,如果这都不属于宗教,又是什么?"

---

[1] 塞布丽娜(Sabrina)是弥尔顿(John Milton,1608–1674)创作于一六三四年的诗《酒神之假面舞会》(Comus)中的一个人物。
[2] 《失乐园》(Paradise lost)也是弥尔顿的作品,创作于一六六七年,内容取自《圣经·旧约》。

科布警长没有再就这些纠缠不清的问题继续辩论下去。他径直走进这家美容院，怏怏不乐的警员跟在后面。置身于粉红色的"塞布丽娜女神"内部，如此鲁莽的警长和他的跟班显得与此格调非常不搭。

一位穿着橘红色衣服的女士优雅轻盈地朝他们走来，脚几乎没接触到地面。

科布警长一边说着"早上好，小姐"一边出示证件。这位美女心神不定地退下了。接着另一位同样美丽但稍微年长的女士走了过来，转而也退下了，取而代之的是雍容华贵的女老板。她蓝灰色的头发和光滑的脸颊把年龄和皱纹都掩盖住了，青灰色的眼睛盯住科布警长，似乎在品评着。

"这太不同寻常了。"女老板严肃地说，"请这边走。"

她领着他们穿过方形的客厅，中间的桌子上随意堆放着杂志和期刊。墙壁周围挂着帘子，能瞥见里面有女人正悠闲地躺着，身穿粉色长袍的女祭司正在服侍她们。

女老板把警察们带进一间商务式的小房间，里面摆放着一张大的拉盖书桌和几把样式简单的椅子。从北面射进来的光线很刺眼，一点也不柔和。

"我是卢卡斯太太，这家美容院的老板。"她说，"我的合作伙伴霍布豪斯小姐今天没在。"

"真不巧啊，太太。"科布警长说，其实他已经预料到了。

"你们的搜查行动好像太蛮横无理了吧。"卢卡斯太太说道，"这是霍布豪斯的私人办公室，我真心希望你们这么做不会……呃，给我们的顾客带来任何不便。"

"我认为在这一点上您无须过分担心。"科布说，"我们后续要做的不太可能涉及公共区域。"

他彬彬有礼地一直等到她不情愿地退出去，然后才开始仔细察看瓦莱丽·霍布豪斯的办公室。从狭窄的窗户可以看到梅菲尔区其他公司的背面。墙壁粉刷成浅灰色，地上铺着两块上好的波斯地毯。警官的目光从嵌在墙里的小保险箱转移到了那张大书桌上。

"不会在保险箱里的，"科布说，"再明显不过了。"

一刻钟之后，藏在保险箱和桌子抽屉里的秘密一览无余地展现在了他们眼前。

"看起来像是空欢喜一场。"麦克雷说，这家伙生性悲观，对所有事都不以为意。

"我们这才刚刚开始。"科布说。

他倒光了抽屉里装的东西，并整齐地堆成几堆。接着又把抽屉取下来，翻转，底朝上放着。

他突然欣喜若狂。

"找到了，伙计。"他说。

有六本深蓝色的镀着金字的小册子，用胶布牢牢地粘在抽屉下面。

"是护照。"科布警长说，"由女王陛下的国务大臣签发的，愿上帝保佑他的信任之心。"

科布打开这些护照，对比上面贴的照片，麦克雷也饶有兴致地俯身去看。

"难以想象这都是同一个女人，是吧？"麦克雷说。

这些护照属于达·席尔瓦夫人、艾琳·弗兰奇小姐、奥尔加·科恩夫人、尼娜·勒梅热勒小姐、格拉迪斯·托马斯夫人和莫伊拉·奥尼尔小姐。她们的形象都是黑皮肤的年轻女子，年龄在二十五至四十岁之间不等。

"每次发型都不同，很有助于伪装。"科布说，"束发、卷发、直发、齐肩内卷发，等等。装扮成奥尔加·科恩时鼻子动了手脚，扮成托马斯夫人时脸更鼓一点。这儿还有两本……外国护照。阿尔及利亚的马哈茂迪女士和爱尔兰的希拉·多诺万。我猜她用这些不同的名字开了多个银行账户。"

"有点复杂了，不是吗？"

"他们不得不搞这么复杂，我的伙计。税务局总是到处打探，问些难以回答的问题。通过走私货物赚钱倒不是太难，但赚到钱以后如何解释钱的来源可就惨了！我敢打赌梅菲尔区那家小赌博俱乐部就是那个女子为此目的开设的。通过赌博赢来的钱大概是所得税稽核员唯一没法核实的来源。我想赚来的一大部分钱都存在阿尔及利亚、法国和爱尔兰的银行里了。整件事经过了深思熟虑，在有条不紊地进行着。后来有一天，她肯定是把一本这样的假护照落在了山核桃大街，并且被西莉亚这个可怜的小冒失鬼看到了。"

第二十章

"霍布豪斯小姐的这个主意真够聪明的。"夏普督察说,语气差不多像个慈父一般,带着几分溺爱。

他把那些护照在两只手之间倒来倒去,就像在洗牌。

"财务状况非常复杂啊。"他说,"我们忙着从一家银行飞奔到另一家银行。她将踪迹隐藏得很好——我指在财务往来方面。我想在最近一两年时间里,她就会办理海关出境手续,正如他们所说的,一旦获取了不义之财,就出国去过无忧无虑的生活了。这买卖不能大张旗鼓地做——把钻石、红宝石等以违法的方式带入境内,再把东西走私出去。另外她还兼做毒品生意,像你们想的那样。一切安排得井井有条。她也以真实身份或假名出国,但不太频繁,而走私活动一般都在不知不觉间由其他人完成了。她在国外有代理人,代理人负责在适当的时候把背包调换过来。这确实是个绝妙的主意。幸好有波洛先生帮我们指点迷津。她真是聪明,能想到让可怜的奥斯汀小姐利用心理上的疾病——偷窃癖——这一伎俩。你是立马就看穿了吧,波洛先生,难道不是吗?"

波洛笑而不语,哈伯德太太钦佩地看着他。这次交谈是在哈伯德太太的起居室里进行的,完全是非正式的。

"贪婪导致了她的毁灭。"波洛说,"她受到了帕特丽夏·莱恩戒指上那颗质量上乘的钻石的诱惑。她太愚蠢了，因为这立刻使我想到她惯于和宝石打交道。取出钻石，换上锆石。没错，这自然让我注意到了瓦莱丽·霍布豪斯。她是聪明，然而，当我指责她怂恿西莉亚时，她承认了，并解释说完全是出于同情心。"

"但是她杀了人！"哈伯德太太说，"冷酷无情的谋杀。直到现在我都不能真正相信。"

夏普督察愁眉不展。

"我们还没有证据指控是她杀害了西莉亚。"他说，"当然，我们有把握说她在进行走私活动，这并不难。但谋杀的指控就很棘手了。公诉人不会贸然行事的。她是有动机和机会，她很可能知晓打赌一事和奈杰尔有吗啡，但我们没有确凿的证据，而且还要考虑到有另外两个人死于非命。她可以顺利毒死尼科莱蒂斯夫人，可另一方面，她肯定没有杀帕特丽夏·莱恩。事实上，她恰恰是唯一完全没有嫌疑的人。杰罗尼莫明确地说了，她是六点钟离开住所的。他对此深信不疑。我不知道她是否贿赂了他……"

"不，"波洛摇头说道，"她没有贿赂他。"

"我们还有街角那名药剂师的口供。他和她很熟，坚持说她是六点过五分去的，买了香粉和阿司匹林，还借用了他的电话。她六点十五分离开店里，在出租车停靠点打了辆车走了。"

波洛端坐在椅子上。

"哦，"他说，"真是太好了！这正是我们想要的！"

"你究竟是什么意思？"

"我是说，她实际上是在药剂师店里的小亭子里打的电话。"

夏普督察怒气冲冲地看着他。

"好了，波洛先生，来看看吧。我们列一列已知的情况。六点零八分，帕特丽夏·莱恩还活着，在她的房间里打电话到警察局。你同意吧？"

"我认为她没有在这个房间里打电话。"

"那就是在楼下大厅里打的。"

"也不是在大厅里。"

夏普督察叹了口气。

"想必你不否认电话打到了警察局吧？你不会认为我、警长、警员和奈杰尔·查普曼都产生了幻觉，被洗脑了吧？"

"当然不会。有通电话打给了你，我大胆地猜测，那是从街角药剂师那儿的公共电话亭打来的。"

夏普督察一时间张口结舌。

"你的意思是，那是瓦莱丽·霍布豪斯打的电话？她假装成帕特丽夏·莱恩说话，而真正的帕特丽夏·莱恩已经死了。"

"我就是这个意思，没错。"

警官沉默了片刻，然后他使劲地往桌子上砸了一拳。

"我不相信。那个声音……我听到了……"

"你确实听到了，一个姑娘的声音，气喘吁吁，焦虑不安。但你不太熟悉帕特丽夏·莱恩的说话声，以至于你不能肯定那就是她的声音。"

"我不熟悉，也许吧。但事实上接起电话的是奈杰尔·查普曼，你不会告诉我她连奈杰尔·查普曼也能蒙骗过去吧。通过电话掩饰自己的声音或是模仿别人说话可没那么容易，如果说话的声音不是帕特的，奈杰尔·查普曼会听得一清二楚的。"

"是的，"波洛说，"奈杰尔·查普曼会听得一清二楚。奈杰尔·查普曼非常清楚那边不是帕特丽夏。没有人比他更心知肚明了，因为他刚刚在那之前不久，从她身后往她的脑袋上打了一棒，杀死了她。"

过了有一两分钟督察才说出话来。

"奈杰尔·查普曼？是奈杰尔·查普曼？但是当我们发现她死了的时候他大叫……像个孩子一样大哭起来。"

"我敢说他喜欢那个女孩，"波洛说，"就像可能喜欢上任何人。但这并不能挽救她，除非她没有对他构成威胁。奈杰尔·查普曼自始至终都是最明显、可能性最大的嫌疑人。手上有吗啡的人是谁？奈杰尔·查普曼。智商低下却拥有足够的小聪明足以策划整起事件并实行欺骗和谋杀的人是谁？奈杰尔·查普曼。据我们所知，既粗鲁又自负的人是谁？奈杰尔·查普曼。他具备杀人犯的所有特点：过于自负、虚荣心、心怀叵测、与日俱增的轻率态度，他千方百计地卖弄自己的小聪明，用绿墨水导演了一出叹为观止的双重诡计，最后还把伦恩·贝特森的头发放进了帕特丽夏的手指缝里，弄巧成拙，犯下了愚蠢的错误。事实再明显不过了，帕特丽夏是被人从后面击倒的，她不可能抓到袭击者的头发。这些杀人犯，他们似乎太以自我为中心，对智商自视甚高从而忘乎所以了。借助于个人魅力——奈杰尔确实有魅力，他的全部魅力就在于像个被宠坏的孩子一样永远长不大。他永远也长不大，在他眼中只有他自己和他想要得到的东西！"

"然而为什么，波洛先生？为什么杀人？杀西莉亚·奥斯汀也许可以理解，但是为什么要杀帕特丽夏·莱恩呢？"

"这一点，"波洛说，"我们必须查个水落石出。"

第二十一章

"我们很久没见面了。"老恩迪科特先生对赫尔克里·波洛说,他热切地注视着对方,"你能顺道来看我,真是太好了。"

"也不全是,"赫尔克里·波洛说,"我有事相求。"

"哦,你知道,我欠你一个大人情。你帮我解决了阿伯内西那桩恶心的事件。"

"能在这儿找到您真是太出乎我的意料了。我记得您已经退休了。"

这位老律师冷冷一笑。他的公司是一家口碑极佳、历史悠久的律所。

"我今天专门来见一位多年的老客户。我还在为一两个老朋友处理事务。"

"阿瑟·斯坦利先生是您的一位老友兼客户,对吗?"

"没错。从他还非常年轻时我们就承担了他所有的法律事务。波洛,他是个才华横溢的人,拥有非同寻常的智慧。"

"我记得昨天六点的新闻播报了他的死讯。"

"是啊。葬礼在星期五。他疾病缠身有段时间了,我想是进一步恶化了吧。"

"斯坦利太太几年前就死了?"

"大概是两年半之前。"

他浓密的眉毛下面有一双锐利的眼睛，正机敏地看着波洛。

"她是怎么死的？"

律师不假思索地回答说："安眠药服用过量。我记得是巴比妥钠。"

"验尸了吗？"

"验了。结论是她不慎误服。"

"是误服吗？"

恩迪科特先生沉默了片刻。

"我无意冒犯你，"他说，"毫无疑问你有正当的理由询问这件事。据我所知，巴比妥钠是种相当危险的药物，因为有效剂量和非法剂量这两者的界限并不很分明。如果某个患者处于昏昏欲睡的状态，忘了已经服用过一剂而又服了一剂，那么，就会带来致命的后果。"

波洛点点头。

"她是这么做的吗？"

"想必是。没有迹象表明是自杀，或者有自杀的倾向。"

"也没有迹象表明……其他可能？"

犀利的眼神又一次扫过波洛。

"她丈夫提供了证据。"

"他是怎么说的呢？"

"他明确表示她有时确实会糊涂得晚上服用过一次却又要服用一次。"

"他是不是在说谎？"

"真是的，波洛，这个问题太过分了。你怎么就认为我应该知道呢？"

波洛一笑，气势汹汹的问话没能蒙蔽得了他。

"我觉得,我的朋友,您非常了解。但此时打听您所知道的情况会让您感到尴尬,我不愿这样做。恰恰相反,我想了解一下您的看法。一个人对另一个人的看法。阿瑟·斯坦利是那种因为想要娶其他的女人就杀死自己妻子的男人吗?"

恩迪科特先生像被黄蜂蜇了似的一跃而起。

"荒谬,"他气愤地说,"太荒谬了。根本没有其他的女人,斯坦利对他的妻子忠贞不二。"

"好,"波洛说,"想必确实如此。那么现在,我就说说来拜访您的目的吧。您是起草阿瑟·斯坦利遗嘱的律师,或许……您也是他的遗嘱执行人。"

"没错。"

"阿瑟·斯坦利有个儿子。这个儿子在他母亲去世的时候和他父亲大吵了一架,吵过之后就离家出走,甚至连姓名都改了。"

"这一点我不知情。他给自己取了个什么名?"

"我们后面会谈到这个。在这之前我想先做个假设,假如我说得对,或许您会愿意坦承事实。我想阿瑟·斯坦利给您留了一封密信,一封在某种特定情况下或在他去世后才可以打开的信。"

"真是的,波洛!要是在中世纪,你肯定会被人用火刑处死,你怎么可能做到料事如神呢?"

"那我说对了?我猜信里给出了两种选择。要么将信销毁,要么您就要采取什么特殊的行动。"

波洛顿了一下,接着惊恐地说道:"上帝啊!您不会已经销毁了吧——"

话音戛然而止,因为恩迪科特先生缓缓地摇了摇头,表示还没销毁,波洛这才如释重负。

"我们决不会草率行事,"恩迪科特先生驳斥道,"我必须做足调查——彻底地调查清楚……"他稍做停顿,然后严肃地说,"这件事极为机密。即便是对你,波洛……"他摇了摇头。

"那假如我告诉您一个应该讲出来的正当理由呢?"

"悉听尊便。我不认为你会知道与我们正在讨论的事相关的任何信息。"

"我不知道,因此我只能靠猜测。如果我猜得对——"

"根本不可能。"恩迪科特边说边摆了摆手。

波洛深深吸了一口气。

"那么好吧。在我的脑海里,您得到的指令是这样的。在处理阿瑟先生遗嘱一事上,您要去找到他的儿子奈杰尔,弄清楚他住在哪里,靠什么生活,特别是他是否正在或是曾经从事犯罪活动。"

这一回,恩迪科特先生那无懈可击的沉着冷静真的被打破了。他发出一声感叹,从他的嘴里可几乎从没发出过这样的声音。

"你似乎掌握了所有情况,"他说,"那我就把你想知道的一切事情都和盘托出吧。我猜测,你在你的职业领域中偶遇了年轻的奈杰尔,这个小恶棍干了什么勾当?"

"我认为事情的经过是这样的。他离开家之后就改了名字,并告诉对此感到好奇的人说这是继承一笔遗赠的条件。后来他和一伙人干起了走私的勾当——毒品和珠宝。我认为他们的非法勾当所采取的方式是他一手策划的,极为聪明的一种方法,就是利用无辜善良的学生。整件事情由两个人操纵,奈杰尔·查普曼,如今他叫这个名字,还有一个是叫瓦莱丽·霍布豪斯的年轻女子,我觉得是她带奈杰尔参与走私交易的。这是一个很小的私人组织,从交易中获取佣金,然而利润颇丰。货物的体积必须很小,价值成千上万的宝石和毒品恰好占不了多大的地方。事情一直顺利进行着，直到发生了未曾预料到的事。有一天，一名警官为了调查剑桥附近的一桩谋杀案而来到学生宿舍，我想您能理解这个特别的信息会导致奈杰尔惊慌失措的原因吧。他以为警察是来抓自己的。他卸下了几个电灯泡，这样光线就变暗了。惊慌之中的他还把一个帆布背包拿到后院，把它剪成碎片，扔到了锅炉后面，因为他害怕警察从假的包底找到毒品的蛛丝马迹。

"他的慌乱是杞人忧天了，警察只不过是来询问关于某个欧亚混血学生的事。但是有个也住在宿舍的女孩恰好往窗外看，看到了他在销毁背包。但这并没有立即给她招来死亡的威胁，与此相反，有人想出了一个聪明的计划，诱导她实施一些愚蠢的行为，把她置于一个令人十分反感的境地。但他们的这个计划太过火了。之后我受邀前去拜访，我建议报警。那个女孩不知所措，于是对所作所为供认不讳。她交代的只是她做过的事情。但我猜她去找奈杰尔了，让他也去坦白毁坏背包，以及往一个学生的作业上泼墨水的事。不管是奈杰尔还是他的同伙都不想承认背包的事——承认的话就破坏了整个行动计划。另外，咱们提到的西莉亚，在我赴宴那晚还碰巧透露出了一点儿危险的信息。她知道奈杰尔的真实身份。"

"这无疑……"恩迪科特皱起眉头。

"奈杰尔瞬间从一个世界转换到了另一个世界。先前认识的朋友遇到他可能都知道现在他姓查普曼，但对他目前的所作所为一无所知。在宿舍里没人知道他真正的姓氏是斯坦利，然而西莉亚突然透露出她知道他的双重身份。她还知道瓦莱丽·霍布豪斯至少用假护照出国旅行过一次。她知道得太多了。第二天晚上，她按照约定去某个地方和奈杰尔见面。他给她了一杯掺入吗啡的咖啡，她在睡梦中死去，布置得像是自杀。"

恩迪科特先生有些激动，脸上的表情悲伤不已。他小声地嘟囔着什么。

"但是到这里事情还没有结束。"波洛说，"没过多久，经营连锁宿舍和学生俱乐部的女主人神秘死去了。接着，最后一次罪行最为冷酷无情。帕特丽夏·莱恩，一个和奈杰尔互相爱慕的女孩，不经意间插手了他的事，而且坚持认为他应该在父亲去世之前与之重归于好。他向她撒了一连串的谎，但他发现把第一封信撕掉之后她可能固执得还要写第二封信。我想，我的朋友，您能否从他的角度告诉我，为何这就要了那个姑娘的命呢？"

恩迪科特站起身，穿过房间走到保险柜前，把它打开。走回来时他的手里拿着一个长信封，信封背面的红漆章已经打开。他取出两页信纸，放在波洛面前。

亲爱的恩迪科特：

请你在我死后打开这封信。我希望你找到我的儿子奈杰尔，查查他是否有过犯罪行为。

我要向你披露的事实只有我一个人知道。奈杰尔的性格一直极为不尽如人意。他曾两次伪造我的签名来获取支票，但两次我都承认签名是我的。我警告他下次不会再包庇他了，第三次他伪造的是他母亲的签名。他母亲斥责了他。他乞求不要声张，她拒绝了。我们俩讨论过奈杰尔的事，这一次她明确地表示要把事情告诉我。就在那时，他给她母亲晚上吃的安眠药混合物里加大了剂量。然而在药效发作之前，她来到我的房间并告诉了我全部的事实。后来，第二天早上，人们发现她死了，而我知道是谁干的。

我指责奈杰尔，我跟他说我要把全部事实真相向警察坦诚相告。他拼命地恳求我。如果是你会怎么做，恩迪科特？我对他不抱有幻想，我了解他的为人，他是一个害群之马，既没有道德心也没有同情心。我没有理由保护他。不过我挚爱的妻子对我的想法产生了影响。她会希望我秉公执法吗？我想我知道答案——她不想让她的儿子走上断头台。想到名声受辱，她会和我一样选择退缩吧。但我还有一点顾虑。我坚信江山易改，本性难移。将来可能还会有其他受害者。我和儿子达成了一项协议，我也不知道这么做对不对。对于所犯下的罪行，他要写一份认罪书，交由我保管。他得离开我的家，永远不许回来，自己去开创新的生活。我愿再给他一次机会，他母亲的财产会自动记在他名下。他接受过良好的教育，他能过上富足生活的希望非常大。

不过，假如他因任何犯罪行为而被判有罪，我就会把他留下的认罪书交给警察。为了保护我自己，我向他说明就算我死了，事情也不会一了百了。

你是我的至交。我把这一份责任托付给你，我是在代表一个已经过世的女人恳求你，她也是你的朋友。找到奈杰尔，如果他行事光明磊落，就把这封信和附带的认罪书销毁吧。否则的话，必须交由法律制裁。

你的挚友，
阿瑟·斯坦利

"啊！"波洛长叹一声。
他打开了附件。

我在此承认，在一九五×年十一月十八日，我给我的母亲服用了过量的巴比妥钠,从而杀害了她。

奈杰尔·斯坦利

第二十二章

"你很了解你的处境吧,霍布豪斯小姐?我已经警告过你——"

瓦莱丽·霍布豪斯打断了他。

"我很清楚自己在做什么。您警告过我,我所说的将被作为呈堂证供。我已经准备好了。你们以走私的罪名拘捕了我,我没有希望了,这意味着长期监禁,另外我还面临着杀人从犯的起诉。"

"你自愿陈述可能对你有好处,但我不能做出任何保证或是诱导的行为。"

"我知道我别无选择了。我会被关在监狱里许多年,直到憔悴终老。我想要做出陈述。可能我是你们所说的从犯,但我没有杀人。我从没打算杀人,也不想那么干。我没那么傻。我所想的是,能让奈杰尔犯的案子真相大白……

"西莉亚知道得太多了,不过我基本能应付得了,但奈杰尔没给我时间。他约她出去见面,跟她说他打算坦白帆布背包和墨水的事,然后给了她一杯放了吗啡的咖啡。他早先拿到了她写给哈伯德太太的信,从中撕下有用的'自杀'那段。他把字条和空的吗啡瓶——他假装扔掉又捡了回来——放在她的床边。现在来看,他杀人是蓄谋已久的了。然后他来告诉我他杀了人。为我自己着想，我不得不和他同流合污。

"发生在尼克夫人身上的事也是如出一辙。他发现她喝酒，这可就不可靠了。他设法在她回家路上的某个去处和她碰面，并在酒里下了毒。虽说他否认了，但我知道那就是他干的。再有就是帕特的案子。他来到我的房间，跟我说了发生的事。他告诉我要怎么做，这样我们俩都有了无懈可击的不在场证明。我直到那时还执迷不悟，但已经走投无路了……我想，假如你们没抓到我，我就跑去国外的某个地方，开始一段新的生活。但是你们抓到我了……我现在只关心一件事，一定要将那个残忍的笑面虎杀人魔绳之以法。"

夏普督察深吸了一口气。这番供述十分令人满意，运气好得难以置信。不过他还是感到疑惑不解。

警员轻轻敲着铅笔。

"有件事我还没太搞明白——"夏普开口说话。

她打断了他。

"您没必要搞明白。我有我的理由。"

赫尔克里·波洛缓缓地说了句话。

"为了尼科莱蒂斯夫人？"

他听见她猛地吸了一口气。

"她是……你的母亲，对吗？"

"没错，"瓦莱丽·霍布豪斯说，"她是我的母亲……"

第二十三章

1

"我不明白。"阿基博姆博先生可怜巴巴地埋怨道,他焦急地看着两个红头发的人。

萨莉·芬奇和伦恩·贝特森正在聊天,而阿基博姆博先生发现自己听不懂。

"你觉没觉得奈杰尔打算嫁祸于我或你?"萨莉问道。

"我们俩都有可能。是的。"伦恩回答道,"我相信他是从我的刷子上拿到头发的。"

"我没明白,拜托,"阿基博姆博先生说,"当时跳过阳台的是奈杰尔先生吗?"

"奈杰尔能像只猫一样跳过去。我可没法从那种地方跳过去,我太笨重了。"

"我要谦卑地、深深地向你道歉,基于我完全没有道理的猜疑。"

"没关系。"伦恩说。

"事实上你帮了很大的忙,"萨莉说,"你所有的见解——关于硼酸的。"

阿基博姆博先生眼前一亮。

"大家应该认识到的,"伦恩说,"奈杰尔属于心理彻底失衡的类型而且——"

"哦,我的天!你这话听上去像科林说的。坦率地讲,奈杰尔总是给我一种毛骨悚然的感觉,现在我明白原因了。伦恩,你有没有想过,假如可怜的阿瑟·斯坦利先生没那么优柔寡断,而是直接把奈杰尔扭送给警察,那三个人今天可能还会活着吧?想起来就觉得沉重。"

"话是这么说,但我也能理解他的良苦用心……"

"请问,萨莉小姐。"

"什么事,阿基博姆博?"

"如果今晚你在大学聚会上遇到我的教授,拜托了,能不能告诉他,我已经能思考一些问题了?我的教授总说我的思维过程乱七八糟的。"

"我会告诉他的。"萨莉说。

伦恩·贝特森看起来十分忧郁。"这周之内你就要回美国了吧。"他说。

一时间众人相对无言。

"我会回来的,"萨莉说,"或者,你可以去那边修一门课程。"

"那有什么用?"

"阿基博姆博,"萨莉说,"你愿不愿意,某一天,在婚礼上当个伴郎?"

"请问什么是伴郎?"

"比如说伦恩是新郎,他把戒指交给你保管,你们衣着华丽地来到教堂,在适当的时候他管你要戒指,然后你交给他,他再把戒指戴在我的手上。风琴演奏着婚礼进行曲,每个人都喜极而泣。就是这样。"

"你的意思是,你和伦恩先生要结婚了?"

"正是这样。"

"萨莉!"

"当然,除非伦恩不赞成这个主意。"

"萨莉!但是你不知道,关于我父亲——"

"那又怎样?我当然知道了,是说你父亲的狂躁症吧。没什么,很多人的父亲都有这个病。"

"这种类型的狂躁不会遗传的,我向你保证这一点,萨莉。你知道么,对于你,我一直感觉极度地痛苦。"

"我可是有一点点怀疑。"

"在非洲,"阿基博姆博先生说,"过去,在原子时代和科学思想来临之前,婚俗非常稀奇古怪,可有意思了。我给你们讲——"

"你最好别讲了,"萨莉说,"我估摸着那些习俗会让我和伦恩两个人羞愧难当的。而一个人如果长着红头发,那他一脸红就更加明显了。"

2

赫尔克里·波洛签署完了莱蒙小姐放在他面前的最后一封信。

"很好,"他严肃地说,"一个错误也没有。"

莱蒙小姐看上去有些许的不悦。

"我并不经常犯错误吧,希望如此。"她说。

"不经常犯错。不过确实犯过错。顺便问一下,你姐姐怎么样了?"

"她正琢磨着坐船出去旅行呢,波洛先生。打算去欧洲北部几个国家的首都。"

"啊……"赫尔克里·波洛应了一声。

他想知道,是否——有可能——在旅途中——?

他自己并不想去航海旅行——航海对他没有任何诱惑……

他背后的钟敲响了一声。

"钟敲一声响,老鼠跑下钟,嘀哒,嘀哒,当!"赫尔克里·波洛念叨着。

"您说什么,波洛先生?"

"没什么。"赫尔克里·波洛说道。

Hickory Dickory Dock
Copyright © 1955 John Mallowan and Peter Mallowan. All rights reserved.
Letter for Chinese Reader, New Star Edition by Mathew Prichard © 2013 Mathew Prichard.
Translation © 2023 arranged by New Star Press, Agatha Christie Limited. All rights reserved.
www.agathachristie.com
The Poirot icon is a trademark, and AGATHA CHRISTIE, POIROT, *Agatha Christie*® and the AC Monogram Logo are registered trade marks of Agatha Christie Limited in the UK and elsewhere. All rights reserved.
Published by agreement with ACL.
Simplified Chinese edition copyright: 2023 New Star Press Co., Ltd.

图书在版编目（CIP）数据

山核桃大街谋杀案 /（英）阿加莎·克里斯蒂著；王占一译 . —— 北京：新星出版社，2023.6
（阿加莎·克里斯蒂侦探小说全集：精装典藏版）
ISBN 978-7-5133-4914-7

Ⅰ . ①山… Ⅱ . ①阿… ②王… Ⅲ . ①侦探小说 - 英国 - 现代 Ⅳ . ① I561.45

中国国家版本馆 CIP 数据核字 (2023) 第 054560 号

午夜文库
谢刚 主持